NOTICE HISTORIQUE

SUR LA

SOCIÉTÉ LIBRE D'ÉMULATION DE LIÈGE.

NOTICE HISTORIQUE

SUR LA

SOCIÉTÉ LIBRE D'ÉMULATION

DE LIÉGE

PAR

ULYSSE CAPITAINE.

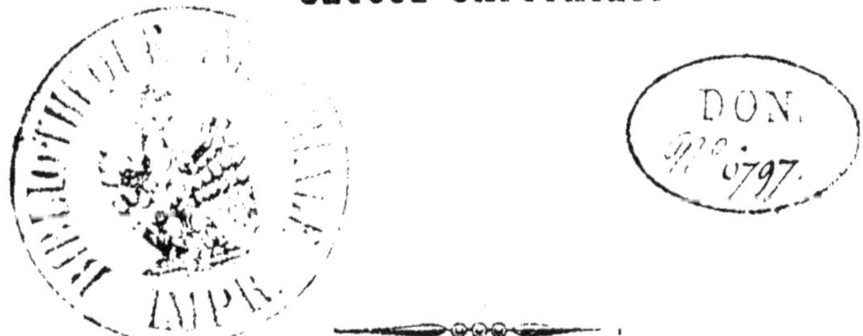

LIÉGE

TYPOGRAPHIE DE J.-G. CARMANNE

Rue du Pot-d'Or, 36.

I.

Depuis longtemps on était persuadé, à Liége, des grands avantages qu'offrirait pour toutes les personnes qui s'intéressent aux travaux de l'intelligence, l'institution d'un centre de réunion, présentant à la fois le caractère des corps académiques et les agréments des cercles particuliers. C'est sous l'influence de cette pensée qu'au mois d'avril 1779, quelques citoyens honorables conçurent le projet de former, avec le patronage de l'autorité, une association littéraire et scientifique.

Une Société de ce genre, où devaient se confondre les hommes qui, par leur mérite, leur position ou leur fortune, jouissaient de la considération publique, était d'autant plus désirable que notre ville possédait déjà plusieurs associations privées encourageant les lettres et les arts; mais, rivales entre elles, ces Sociétés étouffaient bien souvent les germes du talent au lieu de les protéger.

Le moment était des plus favorables pour fonder l'établissement projeté. Un prince éclairé, tolérant, populaire, ami du progrès, sachant distinguer et honorer le mérite, occupait le siége épiscopal de Liége et favorisait, autant que cela était compatible avec son caractère ecclésiastique, l'émancipation intellectuelle du peuple qu'il gouvernait. Les études littéraires et philosophiques semblaient du reste, depuis quelques années, reprendre à Liége une vie nouvelle. Toute une jeune génération n'attendait que l'occasion d'essayer ses forces. Le *Journal encyclopédique* et l'*Esprit des Journaux* publiés chez nous, avaient puissamment contribué à développer ce mouvement qui aurait pu jeter sur Liége un éclat semblable à celui dont Genève a brillé pendant la dernière moitié du XVIIIe siècle, si le faux zèle du synode, au lieu d'employer la violence pour comprimer la pensée, avait su s'élever à la hauteur des vues du prince [1].

Indépendamment des hommes de mérite que la cité comptait à cette époque, Liége accordait l'hospitalité à plusieurs étrangers actifs et entreprenants qui ne demandaient pas mieux que de prêter leur concours pour assurer le succès du nouvel établissement : nous citerons notamment le chevalier de St Peravi, de Lignac, Le Gay et l'abbé Outin.

[1] Voyez dans ce volume l'intéressante notice de M. Polain, intitulée *l'abbé Raynal et Bassenge.*

Le projet de fonder dans notre ville une Société à la fois littéraire et artistique ayant été arrêté, on avisa aux moyens de le réaliser. « Tous ceux à qui on communiqua cette idée, écrivait en 1782 le poète Reynier, l'adoptèrent avec empressement. Tandis qu'on s'occupoit à former un plan, ou du moins à en tracer une esquisse, la Société qui n'existoit pas encore prenoit déjà faveur dans l'opinion publique et le nombre des associés grossissoit chaque jour, tout le monde voulant concourir à un établissement qui offroit tant d'avantages et si peu d'inconvéniens. »

La première assemblée, convoquée dans le but d'arrêter le plan à soumettre au Prince, se tint le 22 avril 1779 chez M. Ramoux, principal du Grand Collége de Liége, qui ouvrit la séance en ces termes :

Messieurs,

S'il est un vœu digne des âmes vraiment patriotiques, c'est de voir se former, au sein de notre nation, un tribunal de goût qui, en appréciant les essais relatifs aux arts nobles ou utiles, auroit pour but d'exciter le feu de l'émulation, soit par les avis d'une critique saine et raisonnée, soit par des encouragemens, dont le défaut laisse presque toujours dépérir le précieux germe du talent. Tel est, Messieurs, l'objet de l'établissement d'une Société, dont on soumet aujourd'hui l'esquisse à votre zèle et à vos lumières Osera-t-on nous soupçonner d'amour-propre, si nous avançons que le sol national fit souvent, et fait encore de nos jours, éclore des germes capables de s'illustrer dans les différens genres ? Sans vous rappeler ici les noms de tant de Liégeois, auxquels les étrangers eux-mêmes ont cru devoir décerner les honneurs de l'immortalité, n'avons-nous pas des artistes à qui peut-être il ne manqueroit que du ressort pour faire revivre en eux les *Varin*, les *Lairesse*, les *Hennequin*, les *Demarteau*, les *Delcourt*, etc.? Ne possédons-nous pas des émules dignes des *Lemeri*, des *Nollet*, des *Franklin*? Que d'artisans même, dont l'heureuse industrie se réveilleroit et susciteroit des prodiges, si quelque marque publique d'honneur, ou l'attrait de quelque récompense, ou, au moins, l'assurance du débit, les dédommageoit du tems et des peines qu'il leur en coûte pour donner à leurs ouvrages le degré de perfection dont ils sont susceptibles? Vous concevez assez, Messieurs, quels avantages suivront l'exécution du projet que nous vous invitons de réaliser. Insister plus long-temps, ce serait faire injure à l'intelligence et à l'amour du bien qui vous caractérisent. On peut se flatter que Son Altesse Celsissime honorera de sa protection et de sa bienveillance une Société dont les vues ne tendront qu'à seconder les siennes. Sans parler des autres cours d'instruction, les écoles élémentaires de dessin, ouvertes sous ses sages auspices, trouveront ici des ressources nécessaires pour le développement des dispositions qu'on y cultive. Ne désespérons de rien, Messieurs; le succès de pareils établissemens chez l'étranger, l'exemple de nos voisins, la sagacité des individus de cette nation, tout nous porte à contribuer, autant qu'il dépendra de nous, à la réussite de ce projet. Il est noble sans doute, il est beau de fomenter dans sa patrie le goût des sciences et des arts.

Artibus et studiis patriam fovisse, decorum.

L'assemblée adopta le plan et le projet de réglement qui lui furent soumis et décida que le procès-verbal de la séance serait immédiatement remis au Prince par une députation chargée en même temps de prier S. A. de prendre la Société sous sa protection souveraine.

Velbruck accueillit avec bonheur la demande

qui lui était faite ; peu de jours après il signait le mandement suivant :

François-Charles, des comtes de Velbruck, par la grâce de Dieu prince-évêque de Liége, prince du Saint-Empire romain, duc de Bouillon, marquis de Franchimont, comte de Looz, de Horne, baron de Herstal, etc., etc.

N'ayant rien de plus à cœur que le bien de la patrie et de nos sujets, et étant persuadé que tout ce qui tend au progrès des talents et des beaux-arts bute en même temps à la félicité publique et particulière, ainsi qu'à l'honneur de la nation, Nous n'avons pu apprendre qu'avec satisfaction le projet conçu par plusieurs citoyens zélés de notre capitale, de former, relativement à cet intéressant objet, une Compagnie sous le titre de *Société d'Émulation* ; et ayant en conséquence vu et approuvé le plan et les statuts qui Nous ont été présentés pour l'établissement de cette Société, déjà nombreuse, Nous déclarons d'avoir agréé et confirmé, agréons et confirmons, de notre autorité principale, par nos présentes lettres patentes, le dit établissement. Prenons icelui sous notre singulière sauvegarde et protection souveraine, avec défense à tous et quelconques d'y apporter le moindre trouble ou empêchement ; sous la condition néanmoins itérative bien expresse de ne traiter, dans la dite Société, d'aucune matière *qui put soit directement, soit indirectement, blesser la religion, les mœurs et l'etat.*

Donné en notre Palais, à Liége, le 29 avril 1779.

FRANÇOIS-CHARLES,

Bon de Chestret V^{t} ; et puis soussigné :

Van der Heyden de Blisia.

A partir de ce moment, la Société d'Émulation, aujourd'hui la doyenne des Sociétés savantes belges, après l'Académie Royale, devint le centre des connaissances jusqu'alors disséminées, et les talents que Liége possédait se trouvèrent ainsi rassemblés dans un foyer commun [1].

Velbruck, informé des difficultés que l'on éprouvait à réunir les fonds nécessaires pour l'achat d'une maison propre aux assemblées, s'empressa d'envoyer à la Commission administrative, à titre de don, une bourse de 4000 fls. destinée à couvrir les premiers frais d'établissement. A l'aide de cette somme on put acquérir le local connu alors sous le nom de *Salle des Redoutes* [2].

[1] La Société se composait alors d'environ cent membres résidants : parmi les hommes distingués qu'elle comptait, nous signalerons les littérateurs Ansiaux, N. Bassenge, le Bon de Cler, le Bon de Chestret, du Perron, Henkart, Milon, le tréfoncier de Paix, Pirnea, Ramoux, Reynier, de Stoupy et Velez. Les historiens de Vaulx et de Villenfagne, Demeste, Mariotte, de Saive et Villette, connus par leurs travaux sur les sciences naturelles; l'abbé Lys, théologien et official de Herve; Hamal, maître de chapelle du prince, etc. Les Beaux-Arts étaient représentés par Aubée et Defrance, peintres, Dreppe et Jacoby, graveurs, Fayn et Renoz, architectes, Everard, Franck, Gathy, Melotte et de Tombay, sculpteurs.

[2] *La salle des Redoutes* occupait, au siècle dernier, l'emplacement actuel des bâtiments de la Société : elle fut construite par le sieur N. Leclerc pour y donner des bals et inaugurée le 9 février 1762. Ce n'est que vingt ans plus tard que ce local est devenu définitivement la propriété de la Société, comme le prouve la délibération suivante, extraite du *Registre de dépense* 1779-1807, fol. 29.

Dans l'assemblée générale de la Société d'Émulation tenue le 5 mai 1782, M. Villette, trésorier, a reproduit le compte des déboursés faits relativement à l'achapt de la maison; il a été trouvé qu'il a déboursé pour cet

La Société fut inaugurée le 2 juin 1779. La cérémonie se fit avec pompe et solennité, en présence des principales autorités du pays. La grande salle avait été parfaitement appropriée : elle était ornée de tableaux dûs à des artistes nationaux et de médaillons reproduisant les traits des grands hommes qui ont honoré la patrie liégeoise [1].

objet la somme de 3357 *florins* 10 *sous*, *qui soustraite de* 4000 *fls. donnés par Son Altesse*, *il reste en mains du trésorier la somme de* 612 *fls.* 10 *sous.*

[1] On forma, dans la suite, une curieuse collection de portraits où figuraient la plupart des illustrations nationales. Plusieurs bustes avaient aussi été donnés à la Société ou commandés par elle. « Applaudissant au projet fait par la Société de rassembler les portraits des hommes illustres de la nation, dit Reynier dans son oraison funèbre de Velbruck, ce prince s'empressa d'ajouter, à la collection que nous avions commencée, le portrait de cet artiste ingénieux, fécond, qui fait depuis si longtemps les délices d'un peuple qui sait apprécier les talens (Grétry). » En 1787, P. Taskin, de Theux, garde des instruments de musique de Louis XVI, engagea la Société à faire exécuter le buste, en marbre blanc, de Lambert Darchis, et souscrivit personnellement pour 300 livres. Cette proposition fut accueillie, mais nous ne croyons pas qu'elle ait été réalisée. Lors de la suppression de la Société, en 1792, cette petite galerie fut dispersée : à peine put-on sauver le portrait de Velbruck et quelques gravures. Nous n'avons pas retrouvé le catalogue de cette collection, mais nous savons qu'elle contenait, entre autres portraits, ceux de Varin peint par Dreppe ; du cardinal Sluse et de René Sluse, par Lebrun ; de Carlier, par Lovinfosse ; du prince-évêque d'Oultremont, par Dupont ; du poëte J.-P. Roideau, par Aubée ; le buste de M. Aubée, par Gathy, etc.

Il est regrettable que le Musée de Liége, à l'exemple de ce qui se fait dans différentes villes de la France et de

Les noms de ces illustrations se lisaient en lettres d'or, comme de nos jours, dans des cartouches appropriés à cet usage [1].

Velbruck en qualité de protecteur vint lui-même présider l'assemblée. Le chevalier de Saint-Peravi ouvrit la séance par un discours dans lequel il fit ressortir tous les avantages qui devaient résulter de la création de la Société [2].

l'Allemagne, ne reprenne pas le projet conçu anciennement par la Société. Une galerie de ce genre serait peu coûteuse et offrirait un double intérêt. Naguère encore, malgré l'avis donné à la Commission administrative du Musée, on a vu adjuger, à très-bas prix, les portraits de Defrance et de Fassin, peints par eux-mêmes.

[1] Voici les noms qui furent placés à cette époque : Van Eyck, Henri de Heers, René Sualem, Demarteau, Jean Varin, Jean Ramaye, Lombard, Bertholet Flemal, René Sluse, de Méan, de Louvrex, Lairesse, Douffet, Carlier, Natalis et Delcourt. Depuis lors on ajouta successivement ceux de Velbruck, du Vivier, Villette, Reynier, N. Bassenge. Defrance, Fassin, Nysten, N. G. J. Ansiaux, Grétry et de Villenfagne. — On s'est plusieurs fois demandé et non sans raison, comment on avait placé dans cette guirlande d'honneur des hommes aussi peu connus que Ramaye et Villette, lorsqu'on passait sous silence Jean d'Outremeuse, de Hemricourt, de Bry, Chapeaville, Valdor, Wamese, Bollandus, de Walef, Paquot, etc.

[2] *Discours prononcé par M. de Saint-Peravi, le jour de l'inauguration de la Société d'Emulation, suivi de couplets du même auteur, mis en musique par M. Hamal.* Liége, de Boubers, 1779, in-8° de 18 pp. — J.-B. Mouhin, ouvrier typographe liégeois, composa, à propos de cette cérémonie, le chronogramme suivant : *Les arts reVIVent par Les soIns DU bien aIMé VeLbrUCk.*

Le secrétaire donna ensuite lecture des lettres patentes octroyées par S. A.; différents mémoires furent également communiqués ; enfin on mit au concours les questions proposées pour les prix à décerner dans la prochaine réunion.

Forte de la protection du prince, appuyée de l'estime publique et secondée par les talents qu'elle renfermait, la Société marcha d'un pas assuré vers le but qu'elle se proposait d'atteindre.

Le plan [1] qui avait été adopté spécifiait tous les genres d'encouragements à accorder aux lettres, aux sciences et aux arts, soit d'utilité, soit d'agrément, sans préférence marquée. On établit d'abord des relations avec plusieurs corps savants étrangers; on agrégea, en qualité d'associés honoraires, des hommes d'un mérite reconnu dont les talents étaient propres à exciter l'émulation et à contribuer aux progrès de la Société : parmi les premiers qui furent l'objet de cette distinction, nous citerons le marquis d'Aoust, Buchoz, Blackey, Fourcroy, le comte d'Hartig, le comte Neny, Romé de l'Isle, le marquis de Ste Croix, le baron de Tschoudi, de Longueil et Vicq-Dazir.

[1] *Plan de la Société d'Emulation établie sous la protection de Son Altesse Celsissime.* A Liége, de l'imprimerie de la Société, 1779, in-4° de 15 pp. — Le tréfoncier de Paix, l'un des promoteurs de cet établissement, lut, dans la séance publique du 25 février 1782, un *Essai sur un projet d'études et d'occupations pour la Société d'Emulation* : ce travail, plein de vues utiles, a été inséré dans les *Mémoires* que la Société publia cette même année.

Le même privilége fut aussi accordé à plusieurs compatriotes, domiciliés hors de la banlieue [1], qui s'étaient fait un nom par leurs travaux, notamment du Vivier, Godart, Grétry, H. et G. de Grandjean, P. et R. de Limbourg, Sandberg, Taskin et l'abbé Van Muyssen.

Les statuts primitifs contenaient une disposition [2] par laquelle les artistes liégeois étaient admis à fréquenter la Société à titre d'*associés libres*, en fournissant un morceau de réception convenable. Cet article, supprimé depuis longtemps, s'il était également appliqué aux lettres et aux sciences, serait encore un excellent moyen d'émulation pour beaucoup de jeunes gens distingués qui, par leur position de fortune, restent forcément étrangers aux travaux de la Société.

Notre ancien président, M. Beanin, disait avec raison : « Chez nous, ce qui manque surtout,

[1] Le 2 décembre 1855, la Société, réunie en assemblée générale, voulant donner un témoignage de haute estime à notre concitoyen M. A.-H. Dumont, dérogea pour la première fois à ses Statuts, en conférant, par acclamation, le titre de membre honoraire à l'auteur de la *Carte géologique de la Belgique*, travail qui a obtenu la grande médaille d'honneur à l'Exposition universelle de Paris.

[2] *Statuts et règlement, Police intérieure*, § VII : « Les artistes en tous genres auront l'entrée à perpétuité, sous le nom d'associés libres, en fournissant un morceau de réception : ce morceau sera exposé dans les salles de la Société avec permission des administrateurs...... Après rapport fait à ces derniers, ceux-ci en rendront compte à l'assemblée générale, pour y être décidé en conséquence. »

ce ne sont pas les hommes, c'est la faculté de les mettre en relief, de les tirer d'un isolement funeste et d'un injuste oubli : nulle part il n'a été plus vrai de dire que, si le talent est rare, il est plus rare encore de le trouver placé de manière à produire ce qu'il peut.»

Des séances publiques, consacrées principalement à la lecture des mémoires couronnés, avaient lieu chaque année. Des prix étaient proposés par le Prince, par la Société ou par des particuliers. L'éclat de ces séances était relevé par la présence du souverain qui venait applaudir aux succès obtenus et remettre aux lauréats les récompenses dues à leurs travaux. Pendant le siècle dernier, la Société d'Emulation tint onze séances publiques [1] et trois grandes assemblées spéciales, savoir : le 18 juillet 1779 pour l'inauguration du buste de Velbruck [2], le 25 décembre

[1] Savoir : les 2 juin 1779, — 24 janvier 1780, — 1er février 1781, — 25 février 1782, — 18 février 1783,— 20 février 1784, — 25 février 1785, — 5 mars 1786, — 19 avril 1787. — 28 février 1788.

[2] Ce buste, que l'on voit aujourd'hui dans la grande salle des concerts, fut donné par Velbruck : il est sculpté par Everard. Le marbre blanc dont il est formé provient d'une carrière des environs de Liége.

Lors de la séance d'inauguration, Bassenge composa à ce sujet une pièce de vers qui fut vivement applaudie et où on remarque cette tirade :

Assez entre des mains serviles,
Sous des ciseaux deshonorés,
Le marbre et le bronze dociles
Nous rendirent les traits des tyrans abhorrés :

1782 pour fêter la présence de Grétry à Liége et le 24 juillet 1785 afin de donner un témoignage de haute estime à Henri de Grandjean, chirurgien oculiste de Louis XVI, qui était venu revoir son pays après une longue absence.

Nous nous bornons à indiquer ici ces séances, réservant pour un article spécial l'analyse des travaux de tous genres qui furent lus ou couronnés.

Les études littéraires proprement dites fixèrent tout d'abord l'attention de la Société. L'étude de la langue française laissait beaucoup à désirer à Liége : la plupart de nos concitoyens eussent difficilement écrit le plus petit billet sans pécher mortellement contre la grammaire. Le barreau était surtout cité par ses barbarismes. Dès sa seconde séance, la Société chercha à déterminer les causes de cette ignorance et offrit une médaille de 300 livres pour le meilleur mémoire sur la question suivante : « *Pourquoi le pays de Liége, qui a produit un si grand nombre de savants et d'artistes célèbres de tout genre, n'a-t-il vu naître que rarement des hommes également distingués dans la littérature française et quel serait le*

O mère des héros, Bienfaisance immortelle !
Aux yeux de ma Patrie, un nouveau Praxitèle,
    Du feu du génie animé,
A voulu retracer ton image fidèle :
Paros cède le marbre en ses flancs renfermé ;
    Liége ! tu fournis le modèle :
L'artiste a vu Velbruck, et le buste est formé !

moyen d'exciter et de perfectionner le goût dans une langue qui doit être celle du pays[1] ? »

La Société ne négligea aucune occasion pour encourager les essais littéraires tentés par nos concitoyens : ses annales eurent bientôt à enregistrer différents morceaux qui, sans être irréprochables, prouvaient du moins un progrès réel.

La musique, les beaux-arts et l'industrie furent aussi l'objet d'une sollicitude toute particulière. L'article X des statuts portait : « La musique étant un des arts les plus cultivés et les plus recherchés dans cette ville, la Société se fera un plaisir de procurer aux jeunes élèves la connaissance des grands modèles et aux maîtres l'occasion de faire connaître leurs talens. Pour cet effet, on donnera deux concerts au moins par année, dans l'un desquels on fera exécuter des morceaux choisis de musiciens étrangers, et dans l'autre des morceaux de la composition des musiciens liégeois. » On donnait encore, chaque hiver, des séances musicales et un troisième concert au bénéfice des pauvres, exécuté par des amateurs[2].

[1] Nous rendrons compte ultérieurement des différents mémoires qui furent adressés à la Société en réponse à cette question.

[2] Velbruck n'était pas musicien, mais il aimait la musique et le théâtre et leur accordait de nombreux encouragements. Chaque semaine, pendant l'hiver, on donnait au Palais un petit concert dont le programme était arrêté par Hamal. Non seulement le prince assistait souvent au théâtre, mais sa présence était encore annoncée

Indépendamment des récompenses accordées à la peinture, à la sculpture, etc., la Société organisa chaque année dans ses salons, à partir de 1779, une exposition publique d'objets d'art et de produits industriels[1]. Elle achetait ensuite, à des prix souvent élevés, tout ce qui méritait des encouragements, puis elle faisait une loterie dont la recette couvrait une partie des dépenses. Plusieurs fois aussi, on procura à de jeunes artistes sans fortune les moyens nécessaires pour terminer leurs études à l'étranger.

Dans différentes occasions, la Société signala à l'attention du prince des établissements industriels qui, par leur utilité ou le perfectionnement de leurs produits, méritaient des priviléges spéciaux. Velbruck ne resta jamais sourd à ces recommandations. Qu'il nous suffise de citer, comme exemple, l'avance considérable qu'il fit sur sa cassette particulière et sans réclamer

anticipativement sur les affiches par ces mots : *Ce spectacle sera honoré de la présence de S. A.* Une grande partie du clergé suivait l'exemple de l'évêque. Le 15 juin 1781, Velbruck, l'évêque d'Osnabruck et presque tout le chapitre assistèrent à la représentation des *Fausses Confidences* et de l'*Amant jaloux* : ces pièces étaient jouées *par ordre supérieur.*

[1] Liége peut revendiquer, non sans quelque orgueil, l'honneur d'avoir été la première ville de la Belgique qui ait organisé une exposition publique d'objets d'art. L'initiative prise par la Société d'Emulation fut suivie par Anvers en 1789, par Gand en 1792, par Bruxelles en 1811 et par Malines en 1812.

La Société a fait quinze expositions dont nous nous occuperons dans un article spécial : de 1779 à 1787 en 1810, 1811, 1812, 1817 et 1830.

d'intérêt, à la manufacture de fayence établie à Liége en 1780. Deux ans plus tard, apprenant que l'on importait dans la principauté pour plus d'un million de livres d'acier, il engagea quelques membres de la Société à essayer de composer ce produit avec le fer fabriqué dans les Ardennes. Un établissement subsidié par lui fût monté et bientôt on obtint des résultats qui dépassèrent tout ce que l'on avait pu espérer.

Pour donner plus d'autorité et de considération à la Société, Velbruck la revêtit d'un caractère officiel et en fit une institution nationale, en plaçant sous sa surveillance la plupart des établissements d'instruction qu'il avait fondés, notamment l'Académie de peinture, sculpture et gravure [1], l'École gratuite de dessin pour les arts mécaniques [2], l'Ecole gratuite de mathématiques [3], l'Ecole gratuite sur l'art de

[1] L'Académie de peinture fondée en 1775, avait son siége dans la vieille cour de l'official : Fassin et Defrance en furent les promoteurs.

[2] Les cours de cette école, dirigée par l'architecte Renoz, se donnaient deux fois par semaine dans une des salles du grand collége.

[3] M. Thomassin, chargé de cet enseignement, ouvrit ses cours en juin 1781. Il consacrait la matinée à expliquer l'arithmétique ; l'après-midi était employé aux éléments de géométrie, de mécanique, d'hydraulique et d'arpentage.

l'accoucheur [1], le Cours public de droit civil et canonique [2], etc.

Les médailles [3] et les récompenses méritées par les lauréats de ces différents établissements étaient décernées dans nos séances publiques, sur la proposition d'une Commission composée de professeurs et de membres de la Société : cette dernière avait encore le privilége d'accorder des certificats pour l'admission gratuite d'un certain nombre d'élèves dans les écoles.

La principauté de Liége se ressentit de l'heureuse influence exercée par la Société d'Émulation : la littérature, l'histoire du pays, les beaux-

[1] Les cours étaient donnés par le chirurgien Falize, les mardi et jeudi de chaque semaine. Cette institution avait pour objet « de former de bonnes sages-femmes et d'obvier aux inconvéniens nombreux causés par l'impéritie et la maladresse. Toutes les femmes qui se destinaient à la profession d'accoucheuse devaient fréquenter ces leçons et n'étaient point admises au Collége de médecine à moins qu'elles ne fissent conster par une attestation qu'elles y avaient assisté avec assiduité. »

[2] On y expliquait les institutes de Justinien, le digeste, le droit canonique suivant l'ordre des décrétales et selon les concordats germaniques.

[3] Le coin de ces médailles a été gravé par Jacoby : le comte de Renesse en a donné la description dans son *Histoire numismatique de la principauté de Liége*, pl. 66 et 68. M. Petit de Rosen a encore publié dans la *Revue de la numismatique Belge* 1850, une variété inédite de cette pièce. Les numismates liégeois n'ont point connu le jeton de présence, de la dimension des anciens liards qui fût gravé par Dreppe en 1780 pour la Société.

arts, les sciences physiques et médicales reçurent une impulsion salutaire. Tandis qu'à l'intérieur on vulgarisait l'instruction et les arts utiles, à l'étranger de jeunes compatriotes obtenaient de brillants succès : ainsi, en 1779, Renson et Henri sont couronnés à l'Académie de Saint-Luc ; Aubée obtient en 1781 le premier prix de dessin à l'Académie du Capitole; Dewandre, père de notre honorable président, reçoit deux ans après la même distinction pour la sculpture. Vers cette époque, Vincent est encore proclamé *premier* à l'Université de Louvain.

« Comme la Société ne manquait ni d'enthousiasme ni d'activité, écrivait en 1819 M. de Gerlache, comme elle se mettait en relation directe et fréquente avec le public assemblé, qui est un excellent juge de toutes les idées généreuses, comme le Prince lui-même s'en était déclaré le protecteur et le chef, il en résulta une émulation véritable qui justifia le nom de la Société et produisit bientôt d'heureux fruits. L'esprit d'imitation, si naturel à ceux qui attendent ou qui craignent quelque chose du pouvoir, valut sans doute un grand nombre de prosélytes à cette institution naissante; mais leur enthousiasme fut vrai lorsqu'ils en sentirent l'utilité, et ils ne se hâtèrent pas du moins de l'abandonner lorsqu'elle cessa d'être en faveur. On vit de simples citoyens proposer à la fois des questions et des prix ; une foule d'autres s'empresser de concourir et refuser les prix, contents de les avoir mérités. Le prince répandait ses bienfaits sur de jeunes artistes que lui désignait la Société et récompensait ainsi jusqu'à l'espérance du talent. Des paroles de bienveillance et de flatteuses distinctions étaient pour beaucoup d'autres des aiguillons plus puissants que les récompenses.

La Société voulait encore — et cette considération seule prouverait la nécessité d'un pareil établissement, — substituer le goût des amusements salutaires et délicats et des exercices qui développent les forces morales de l'homme, aux habitudes moins nobles qui prévalaient généralement à l'époque où elle fut créée. Elle voulut rapprocher par l'attrait du plaisir et de l'instruction, des hommes que tant de préjugés, d'intérêts et d'amours-propres divisent, pour établir entre eux une plus noble rivalité au profit de l'infortune et du talent.

Tout annonçait qu'une ère nouvelle s'ouvrait chez nous pour l'intelligence, lorsque la Société perdit son protecteur le 30 avril 1784 : ce fut pour le pays entier un jour de deuil. Velbruck avait compris le peuple qu'il gouvernait ; loin de combattre inutilement les idées de progrès qui se manifestaient de toutes parts, il les encouragea et marcha avec elles, sans jamais leur permettre néanmoins de porter atteinte à son caractère, à sa dignité, à ses prérogatives.

Un travail sérieux et complet est encore à faire sur l'influence que ce Prince a exercée : espérons que la Société d'Emulation, qui lui doit tout, mettra prochainement au concours l'histoire de son règne. Depuis le moyen-âge, les annales du pays de Liége offrent peu de questions à la fois plus importantes et plus dignes de fixer l'attention de nos concitoyens.

Hoensbroeck, à son avènement au siége épiscopal de Liége, montra les meilleures intentions et voulut continuer l'œuvre de son prédécesseur. Il accorda des encouragements, se déclara protecteur de la Société et de la plupart des institutions d'utilité publique alors existantes. Malheureusement cet état de choses fut de courte durée : Hoensbroeck était peu instruit ; le goût des lettres, l'intelligence artistique lui faisait défaut. Il continuait par devoir ce que Velbruck avait créé par instinct : moins tolérant que ce dernier, il laissa une grande latitude aux exigences du synode qui ne cessait de représenter la Société comme un centre philosophique contraire aux saines doctrines et ne cherchant qu'à introduire dans le pays de Liége les idées qui fermentaient en France.

A peine les cendres de Velbruck étaient-elles refroidies, que déjà plusieurs membres du clergé se prononçaient hautement contre les tendances qu'ils attribuaient à la Société. Un augustin de Huy osa s'écrier en prononçant l'oraison funèbre du grand prince que le pays avait perdu : « Quelle reconnaissance ne lui doit-on pas pour cette Société d'Emulation qui s'est formée sous ses auspices et dont on ne peut se dissimuler l'utilité en la regardant du côté des arts, *affranchie de ce que la frivolité philosophique a paru faire pour la dénaturer* [1] »

[1] *Oraison funèbre de François Charles des comtes de Velbruck, évêque et prince de Liége, prononcée dans l'église des Augustins de Huy, par le père L. S. A.*, 1784, in-8, p. 16.

Ces insinuations portèrent leurs fruits. La célèbre affaire des jeux de Spa jeta vers cette époque le trouble dans la principauté. Des membres de la Société figurèrent dans le camp des adversaires du pouvoir. « D'injustes soupçons se formèrent, écrit un contemporain, la calomnie les envenima et l'on vit succéder à la bienveillance une froide indifférence, une haine aveugle pour la réunion paisible de littérateurs et d'artistes qui avaient consacré en principe dans leur réglement qu'ils ne discuteraient aucune matière politique ou morale que pour autant qu'elle serait conforme à l'autorité du prince et aux lois du pays. »

Le 25 fevrier 1785 Hoensbroeck présida, pour la dernière fois, les séances publiques de la Société : à partir de ce moment ses travaux commencèrent à se ressentir de l'indifférence du souverain.

A l'assemblée du 28 février 1788, Reynier, alors secrétaire perpétuel, ne crut pas pouvoir dissimuler l'état réel des choses. « Je pourrois, dit-il, cacher cette vérité sous des formules oratoires, mais une pareille dissimulation loin d'être utile ne serviroit-elle pas plutôt à autoriser, à fomenter l'indolence dont la Société a droit de se plaindre..... Notre institution dont l'utilité est reconnue est loin encore de sa perfection; elle demande d'être établie d'après un autre plan, sur une base plus solide : Eh! que ne peut un jour pour elle l'amour plus éclairé des arts et l'enthousiasme du patriotisme? »

Ces exhortations restèrent sans résultat : les

séances publiques n'eurent plus lieu et, insensiblement, toutes les solennités se réduisirent à quelques concerts. Par le fait même du mauvais vouloir du prince, la Société s'éloigna de plus en plus du but qui avait présidé à sa création : bientôt elle se vengea de l'abandon et de la méfiance dont elle était l'objet, en se transformant en une véritable association politique dévouée à la révolution qui s'annonçait.

Les vues de Velbruck avaient été méconnues : l'institution qui, en cas de crise, eut été pour lui un puissant appui, devint un danger permanent pour son successeur.

Jusqu'au 18 août 1789, jour de la révolution liégeoise, la Société, comme corps, n'avait encore pris part à aucune manifestation, mais à dater de ce jour elle montra ostensiblement que ses sympathies étaient acquises au nouvel ordre de choses. Dans l'assemblée générale qui fut tenue le 19 août, on décida par acclamation qu'une députation de la Société irait présenter ses hommages et ses félicitations à MM. de Chestret et Fabry que le parti révolutionnaire venait d'élire bourgmestres. L'avocat Cornesse, chargé de prendre la parole, adressa ce discours aux nouveaux magistrats de la Cité :

« Messeigneurs,

» Pour rendre justice aux vertus de famille, en l'appelant son père, son restaurateur, son second fondateur.... (*Il y a ici une lacune.*) Agréez Messeigneurs, ces titres présents par l'organe des députés de la Société d'Émulation. Camille a vaincu une nation à la vérité belliqueuse, il a rétabli les murailles de Rome, mais vous, Messeigneurs, vous avez rendu la liberté à Liége; l'heureux pays de Liége sera l'admiration des nations voisines.

Sous votre gouvernement nous allons devenir le peuple le plus heureux, le plus favorisé. Les pères se plairont à transmettre à leurs enfants l'histoire d'une révolution unique pour la grandeur de ses effets, pour la célérité de son exécution et surtout pour avoir été opérée sans effusion de sang et avec le calme le plus parfait [1]. »

En 1790 et 1791, la Société continua à s'initier aux affaires politiques et à se montrer hostile envers le pouvoir épiscopal. Le 17 septembre 1790, elle chargea des commissaires d'aller féliciter le prince de Rohan sur sa nomination de Régent du pays de Liége, et le 11 décembre suivant, elle accueillait parmi ses membres honoraires, *à l'unanimité des suffrages,* le colonel de Fyon que des principes démocratiques avancés signalaient d'une manière toute spéciale à l'animadversion du Prince et du chapitre de Liége. Le nombre des membres de la Société, bien que diminué, était encore considérable. Plusieurs associés avaient été proscrits par le décret du 18 octobre 1791, notamment Reynier, Henkart, Lebrun, Rensonnet, le major de Rossius, etc. Ceux qui défendaient l'ancien ordre de choses avaient insensiblement donné leur démission, mais ils s'adjoignirent par contre plusieurs nouveaux sociétaires qui prirent fait et cause pour le mouvement. C'est même le caractère exclusif de l'une de ces élections [2] qui engagea la Com-

[1] *Archives de Liége.* Conseil privé. — *Revue belge*, t. IV, p. 270.

[2] Séance du 8 janvier 1792. Réception de MM. Raikem,

mission Impériale, alors siégeant à Liége, à demander l'interdiction provisoire des réunions de la Société. Voici le *pro-memoria* qu'elle adressa à cet effet au Conseil privé, le 20 janvier 1792 :

« Informée de bonne part que la Société d'Émulation établie en cette ville avoit reçu depuis peu quantité de nouveaux membres, tous personnages adhérans aux principes de la révolution, et qu'elle avoit admis comme membre honoraire le fugitif Fyon, décreté de prise de corps et cité édictalement, la Commission Impériale a ordonné en date du 9 de ce mois, à l'Officier Mayeur en feauté, d'aller demander au secrétaire les registres ou protocoles de la dite Société, pour les transporter à la chancellerie du Cercle : ces papiers y ayant été examinés, le fait que le fugitif Fyon auroit été reçu depuis le rétablissement de l'ordre comme membre honoraire de cette Société, s'est trouvé contredit par ces registres, dans lesquels sa réception est marquée au 11 décembre de l'année 1790, mais il conste cependant par ces registres, surtout par les récès des 19 août, 17 septembre 1789, 11 décembre 1790 et 8 janvier de cette année, que, pendant les troubles, cette Société a non seulement pris vivement part à la rébellion, mais encore, et particulièrement par l'admission qui a eu lieu le 8 du courant de toutes telles personnes, dont les sentimens révolutionnaires et tendants à renverser l'autorité légitime du souverain sont notoires; qu'en s'éloignant de son but primitif et fondamental, qui n'a pour objet, que la propagation des sciences et l'encouragement des beaux-arts, elle est dégé-

avocat ; Raikem, médecin ; de Lezaack, de Liége ; Bourguignon, chanoine de Fosse; Ch. Joseph Desoer; H.-L. Ista, chanoine ; Loyens, médecin ; Jacques Desoer ; Niquet ; Lahaut, abbé; Jolivet, chargé d'affaires du roi des Français; Ch. de Favereau et Lonhienne, négociant.

nérée en un conventicule politique aussi pernicieux à l'Etat, qu'au bien et à la tranquillité publique.

Ces considérations engagent les soussignés Ministres directoriaux, de requérir Monsieur le Ministre et tréfoncier de Wasseige, d'en faire part à Son Altesse Celsissime en lui conseillant de leur part, de vouloir provisoirement interdire toute assemblée à cette Société, jusqu'à ce que sa dite Altesse trouve bon d'en disposer autrement; en lui rendant ensuite l'activité, Son Altesse pourroit prendre celles mesures que sa sagesse lui suggérera pour prévenir la réception de membres, auxquels on a lieu de croire d'autres motifs pour leur réception, que les fins auxquelles la Société a été instituée. Liége, le 20 janvier de l'an 1792. »

M. DE KEMPIS. J. B. BARON DE GREIN.[1] »

Le Conseil privé renvoya cette note au Prince avec l'avis suivant, favorable à l'interdiction provisoire.

« La Société d'Emulation, instituée sous l'autorité du feu Prince, pour un bien public, est aujourd'hui tellement dégénérée et devenue pernicieuse, qu'il est indispensable d'y pourvoir, au moins par une interdiction provisoire actuelle des rassemblements, en attendant le moment d'une suppression totale, si les circonstances futures l'exigent.

Dans le cas simple, c'est, sans doute, à l'autorité principale qu'appartiendroit privativement ce droit, soit d'interdiction, soit de suppression.

Mais, dans ce moment, il semble que cette provision seroit d'autant plus de la Commission Impériale, qu'elle y a déjà mis la main, et qu'elle a reconnu, par elle-même, combien cette Société a pris une part directe à la révolte, et combien elle continue à la fomenter. Ces deux objets

[1] *Archives de Liége.* Conseil privé.—*Revue belge*, t. IV, p. 269.

sont exactement ceux de la mission de Messieurs les Commissaires, savoir, de casser ce qui étoit mal fait, et d'ôter les moyens de la progression du mal : et, par une interdiction provisoire, la commission rempliroit, *avec sûreté*, ces deux fins salutaires, et empêcheroit que l'autorité principale ne fut compromise par toute sorte d'oppositions et de recours, soit à l'empire, soit aux XXII, lesquels recours différeroient, tout au moins, l'exécution, en occasionnant beaucoup de frais et de désagréments, etc.

C'est pourquoi notre très-humble avis seroit, qu'il plut à Son Altesse, d'engager la commission, à porter une interdiction, selon les termes de son *pro-memoria* du 20 courant avec la réserve y contenue, pour l'autorité principale.

Si cependant, Votre Altesse n'adopte pas notre présent avis très-humble, nous prenons la respectueuse liberté d'observer, qu'attendu les suites que pourroit avoir cette affaire, même pour l'autorité principale, nous croyons qu'il seroit convenable, *tamquam in arduis*, de ne point l'expédier, sans préalable communication à son chapitre cathédral. Donné au Conseil privé de Son Altesse, le 31 janvier 1792.

BARON DE SLUSE ; DE PAIX, TRÉFONCIER ; DEFOOZ DE CORBION ; DE MARTEAU ; DE LÉONARD DE STREEL ; DE CHESTRET ; P. M. DE BECHE [1]. »

Hoensbroeck adopta entièrement la manière de voir de son Conseil privé qui lui enlevait ainsi toute la responsabilité d'un acte qui devait soulever beaucoup de mécontentement et de difficultés. Par le moyen proposé, l'acte d'interdiction restait l'œuvre de la Commission Impériale. En conséquence le prince de Liége fit adresser à

[1] *Archives de Liége*. Conseil privé. — *Revue belge*. T. IV, 271.

cette Commission la note suivante accompagnée du projet d'interdiction.

« Le Comité du Conseil privé assemblé par ordre de S. A. au sujet de la Société d'Emulation, a reconnu dans le *pro-memoria*, en date du 20 janvier dernier, de la haute Commission Impériale, la sagesse et les soins essentiels qu'elle ne cesse d'employer dans tout ce qui peut contribuer au bien-être et au maintien de la tranquillité publique. C'est avec grande raison, qu'elle s'est occupée de l'examen de la conduite qu'a tenue cette Société pendant la révolte, ainsi que de celle, bien pernicieuse, qu'elle continue de teniraujourd'hui. Il importe, sans doute, d'y pourvoir, au moins par une interdiction provisoire : mais le Comité est persuadé que cette interdiction, portée par la haute Commission Impériale, aura sans la moindre difficulté son plein et prompt succès; au lieu que, tentée en ce moment par l'autorité principale, elle aura d'autant moins d'effet qu'elle sera repoussée par une nombreuse et forte coalition, qui, à grands frais, y opposera toutes sortes de voies judiciaires, soit aux Vingt-Deux, soit au juge ordinaire, soit aux dicastères de l'Empire même.

Dans le concours des circonstances, le Comité a eu l'honneur d'exposer à S.A. son très humble avis dont copie ci-jointe, avec un projet d'interdiction, à soumettre à la haute Commission Impériale.

Donné au Comité du Conseil privé de S. A. le 3 février 1792. B. de Sluse.

Projet à soumettre à la Commission Impériale.

La Commission Impériale ayant reconnu combien la majorité de la Société dite d'Émulation, établie en cette ville a pris part à la révolte, ce dont il a consté par toutes les démonstrations publiques et ce dont il conste amplement par ses registres, et surtout par ses récès des 19 août, 17 septembre et 11 décembre 1790: étant en outre informée, que la dite majorité loin d'être revenue à récipiscence a persisté dans ses principes séditieux, et ne fait qu'accroître journellement, par la recherche et réception continue de nouveaux membres, tous adhérants aux mêmes faux principes qui provoquèrent la révolte : de sorte que la dite Société qui, dans son institution, n'avoit pour objet que le progrès et l'encouragement des talents et des beaux-arts, se trouve aujourd'hui dégénérée en un conventicule politique, aussi pernicieux à l'état, qu'au bien et à la tranquillité publique; conventicule expressément prohibé par toutes les lois tant générales que particulières; et spécialement ici par les suprêmes sentences impériales : le tout considéré ; la Commission déclare d'interdire, *auctoritate Cæsarea*, toute assemblée de ladite Société, provisoirement, et jusqu'à ce que Sa dite Altesse, dans la suite et d'après les circonstances, trouve bon d'en disposer autrement.

Enjoint la Commission Impériale à l'officier-mayeur Colson, de se rendre à la première assemblée de la dite Société, pour lui insinuer la présente ordonnance, veiller à son entière exécution et faire exactement rapport. Déclarant en outre que la dite assemblée, avant de se dissoudre, devra constituer deux ou trois personnes (qui seront consignées), pour la direction domestique : le tout jusqu'à autre disposition [1]. »

La Commission adopta le projet qui lui était soumis, mais elle refusa de le sanctionner : voici ce qu'elle écrivait le 9 février 1792 au Conseil privé :

« Vu le rapport du Conseil privé de Son Altesse, concernant la Société d'Emulation, la Commission Impériale signifie au dit Conseil, qu'ayant vu le décret rédigé par Monsieur le tréfoncier de Wasseige, Ministre de son Altesse Celsissisme, en vertu duquel les assemblées de cette Société devoient être défendues provisoirement d'au-

[1] *Archives de Liège*. Conseil privé. — *Revue Belge*. T. IV., p. 272.

torité de sa dite Altesse, elle l'a non seulement trouvé adapté au but qu'elle s'y étoit proposé, mais aussi très-propre à écarter toute inquiétude au sujet d'une citation aux Vingt-Deux, que le Conseil privé de Son Altesse craint contre Monsieur le Grand-Chancelier, ainsi que contre Monsieur le conseiller privé de Chestret, en sa qualité de secrétaire. Et, quoique la Commission Impériale ne fasse point de difficulté d'exercer dans toutes les occasions la judicature lui confiée par l'Empire, lorsque les moyens ordinaires seroient insuffisants, elle n'envisage pas moins comme un de ses principaux devoirs de faire agir, et relever par là, l'autorité du Souverain dans tous les cas possibles.

La Commission Impériale désire, en conséquence, que le Conseil privé engage Son Altesse Celsissisme, à faire sans délai émaner le décret susmentionné de son autorité principale, et elle s'attend de la part de son Conseil, qu'il fera aussitôt son rapport à la dite Commission, lorsque du chef de ce décret l'on présumeroit à faire quelque citation par devant le tribunal des Vingt-Deux, afin qu'elle puisse prendre les mesures qu'elle croira appartenir et punir les auteurs de cette témérité. Donné à Liége le 9 février 1792.

Au nom et de la part de son Altesse Sérénissime Électorale de Cologne, comme Prince-Évêque de Munster,

M. DE KEMPIS.

Au nom et de la part de son Altesse Sérénissime Électorale Palatine, comme Duc de Juliers,

BARON DE GREIN.

DE LEMMEN [1].

En présence de cette notification formelle, il n'y avait plus à hésiter le 25 février 1792. Hoensbroeck signait en ces termes la dissolution de la Société :

[1] *Archives de Liége*. Conseil privé. — *Revue Belge*. T. IV, p. 273.

Constantin-François par la grâce de Dieu prince-évêque de Liége, prince du Saint-Empire romain, etc., etc., etc.

Ladite Société d'Emulation, que l'Evêque-Prince notre prédécesseur immédiat a honorée de sa protection et approuvée, et que nous étions nous-mêmes disposé à approuver aussi, comme un établissement louable, propre à l'encouragement et à la propagation des sciences, des arts et des talents, étant, au contraire, devenue une Société d'insubordination, s'étant (à l'exception d'un petit nombre de ses membres) presque généralement et publiquement vouée, pendant les troubles passés, aux principes de sédition qui les ont fait naître; n'ayant donné, depuis le calme rétabli, aucun signe de récipiscence et d'abjuration sur les écarts et les erreurs auxquels elle s'étoit livrée, en préconisant les chefs et les procédés d'une révolte qui a fait le malheur de la patrie; affectant, au contraire, par ses associations les plus récentes, de faire connoître le penchant et la prédilection qu'elle ne cesse de professer pour toutes les nouveautés et pour les sectateurs des nouveautés que l'Empire a proscrites et mises au rang des écueils les plus dangereux et dont il a cru devoir le plus garantir son repos et sa constitution ; Sa Majesté Impériale ayant, à cette fin, ordonné à tous les Cercles, et la Chambre Impériale de Wetzlar à la Commission actuellement à Liége, de prêter la plus scrupuleuse attention et toute la vigilance possible à éloigner du sein et des limites de l'Empire, tout ce qui laisseroit apercevoir les moindres symptômes d'une contagion politique, pareille à celle qui a désolé ce pays-ci : et finalement la Commission Impériale, en exécution de cette suprême ordonnance, nous ayant fait part de ses recherches, de ses craintes et de ses conseils, au sujet de cette Société, dite d'Emulation, nous avons cru ne pouvoir plus longtemps dissimuler l'abus qu'elle fait de son institution, en violant aussi ouvertement qu'elle l'a fait, dans les circonstances susdites, la loi précise qui lui a été faite de ne rien se permettre, *qui put, soit directement, soit indirectement blesser la religion, les mœurs et l'état* : et conséquemment nous avons cru ne pouvoir, de même, plus longtemps différer d'en défendre, comme par les présentes, et de l'avis de vénérables, nobles, nos très-chers et bien-aimés confrères les doyens et chapître de notre église cathédrale, nous en défendons bien expressément les rassemblements, soit dans le lieu ordinaire, ou dans tout autre, soit sous ce titre, ou sous tout autre, qui ne pourra la garantir d'être, à l'avenir, regardée et traitée comme un conventicule illicite et prohibé par les lois tant du pays que de l'Empire, et encore spécialement ici, par les suprêmes sentences impériales, sous les peines les plus griêves y établies.

Mandons à nos hauts et subalternes officiers de tenir la main à l'entière et parfaite exécution des présentes, en s'acquittant soigneusement du devoir de leur charge contre tous ceux qui oseroient y contrevenir, soit directement, soit indirectement. Enjoignons au mayeur en feauté, d'aller d'abord lui-même insinuer les présentes à ladite Société, laquelle, avant de se dissoudre, devra constituer deux ou trois personnes au plus, pour l'arrangement domestique, en les désignant audit officier-mayeur. Donné en notre Conseil privé, le 25 février 1792.

BARON DE SLUSE,

DE CHESTRET.

Le lendemain, ce mandement fut affiché et le mayeur Colson se rendit à la séance du Conseil d'administration de la Société pour lui notifier l'acte de dissolution. Voici comment s'exprime le procès-verbal du 26 février 1792 :

« Intimés cejourd'hui vers trois heures après-dîner par Monsieur le mayeur Colson lui-même avec ordonnance de S. A. C., en date du jour d'hier par laquelle, Sadite Altesse déclare ne pouvoir plus longtems différer de défendre les rassemblements de la Société, etc., etc. La dite ordonnance de S.A.C. portant encore spécialement l'ordre de devoir incontinent « constituer deux ou trois personnes au plus pour l'arrangement domestique en les désignant au dit officier-mayeur.

Et ce dernier, en exécution de cette ordonnance, s'étant présenté comme dessus, et exigé qu'on y donnât parition incontinent, il lui observa que suivant les règles de la Société, il falloit une convocation spéciale pour délibérer sur des objets extraordinaires, au nom desquels il étoit évident que la dite ordonnance devoit être comptée ; ce que Monsieur Colson n'ayant pas voulu entendre et ayant pressé vivement la susdite exécution, Messieurs ont autorisé leurdit Comité établi à la séance du 15 janvier dernier pour faire des remontrances et représentations à Son A. C. touchant sa dite ordonnance, et lui exposer que la Société d'Emulation ne blessant en rien ni la religion, ni les mœurs, ni l'état, et que ceux qui la composent n'aimant rien tant qu'à les respecter et se conformer en tout aux décrets de la sacrée Chambre Impériale de Wetzlaer, ils croient devoir autoriser le dit Comité à effet de faire lesdites représentations pour que la Société jouisse paisiblement de ses droits, le constituant pour faire tout ce qui sera nécessaire relativement au permis, ordonnant que la présente soit insinuée à l'officier-mayeur.

L. Henkart, au nom du secrétaire absent.

Ces protestations n'amenèrent aucun résultat et les efforts qui furent faits pour maintenir les réunions restèrent impuissants. Peu après les salons de la Société étaient affectés au logement des troupes autrichiennes.

Le 28 novembre 1792, jour de l'arrivée des Français à Liége, quelques sociétaires se réunirent et essayèrent de rétablir l'ancien ordre de choses. Une cotisation personnelle fut imposée à chacun d'eux pour faire des réparations urgentes au local qui était entièrement délabré.

Les restaurations touchaient à leur fin, lorsqu'au mois de mars suivant, la Société retomba sous le décret de suppression par suite de la rentrée des armées alliées et fut de nouveau transformée en caserne.

Les Français se rendirent maîtres de notre ville pour la seconde fois le 27 juillet 1794. Une assemblée générale fut convoquée. Huit membres seulement se rendirent à la séance [1]. La position était des plus critiques, l'existence même de l'établissement était compromise. Le local avait été de nouveau dévasté pendant le séjour des troupes étrangères; on avait enlevé une partie des meubles; le cabinet de physique, la bibliothèque, les archives, les objets d'art étaient dispersés et les ressources de la Société se trouvaient dans le plus triste état.

[1] MM. Dufour; L. Hardy; P. L. Lonhienne; G. J. Lucion, prélocuteur; P. M. Ramoux; Sarton, commissaire; Ch. Simonon, avocat et F. Villette. En citant ces noms, nous répéterons les paroles que prononçait en 1814 M. H. Dejaer : « Honneur à ces compatriotes courageux qui n'ont point abandonné la Société lorsqu'en continuant à en faire partie ils n'avaient que des dangers à courir ! Ils ont conservé le feu sacré qui était près de s'éteindre et se sont acquis des droits à notre reconnaissance. »

II.

La Société d'Emulation fut à peu près abandonnée pendant les premières années qui suivirent la réunion du pays de Liége à la France : son existence se trouvait même menacée, faute de ressources suffisantes, lorsque les derniers sociétaires convinrent de s'assembler le 22 mai 1796, pour prendre une mesure décisive. Douze membres assistèrent à la séance et signèrent ce procès-verbal :

« Nous soussignés, Citoyens Membres-Propriétaires de la maison où se tenoit la Société dite d'Emulation, assemblés cejourd'hui 3 Prairial 4me année républicaine (22 mai 1796), ensuite d'une convocation adressée à tous les membres, à l'effet de reconnoître l'état de notre caisse et fixer un terme de rigueur pour acquitter les abonnements arriérés ;

Après avoir entendu le rapport fait par le citoyen Villette, notre caissier, et vu l'aperçu de la situation de sa caisse, par l'événement duquel (*sic*) il est constaté que le montant des charges dans le payement desquelles ladite maison se trouve arriérée, et qu'elle doit et devra à l'époque du 16 Mars 1797, v. st., s'élever à une somme de fl. 556-1-3 Bb -Liege ;

Sommes convenus et avons arrêté : 1° Que tous les membres qui ont payé leur abonnement de l'an 1791, sont censés être membres-propriétaires.

2° Que ceux qui n'ont pas payé ce même abonnement pour les années 1792 et 1793, seront invités à le faire d'ici à deux mois, à faute de quoi ils seront censés avoir renoncé à leur co-propriété, et en conséquence ne seront plus inscrits sur le nouveau tableau qui en sera formé.

3° Que le citoyen Hardy l'aîné est provisoirement nommé secrétaire de la Société.

4° Que la Société dite d'Emulation est censée r'ouverte et reprend ses séances, à dater de ce jour 3 Prairial 4me année.

5° Que, jusqu'à délibération ultérieure, les membres de la Société jouiront de la lecture des feuilles intitulées : la *Gazette de Liége*, le *Courrier du département de l'Ourte* ; le *Rédacteur* ; le *Moniteur Batave* ; la *Gazette de Cologne* et la *Décade philosophique* ; le tout pour le terme de 3 mois.

6° Que le citoyen Rossius (rue du Pot-d'Or) est nommé adjoint provisoire au citoyen Villette, trésorier.

7° Que les citoyens Lucion et Florkin sont dénommés pour vérifier, arrêter et clôturer le compte du citoyen Villette.

8° Que le présent Arrêté sera imprimé et adressé à tous les Membres, ainsi qu'aux citoyens intéressés, afin qu'aucun ne puisse prétexter cause d'ignorance.

Ainsi fait et arrêté en séance, tenue dans la maison de la Société d'Emulation. A Liége, ce 3 Prairial 4me année de l'ère républicaine.

Suivent les signatures.

HARDY, *Secrétaire provisoire.* »

Cet appel désespéré ne réveilla guère de sympathies. Toutefois la réunion eut ceci de bon, qu'elle donna à la Société une administration intelligente qui fit tout ce qui dépendait d'elle pour se tirer avantageusement d'une position des plus critiques (1). Quelque restreintes que fussent les dépenses, elles dépassaient de beaucoup les ressources : aussi dût-on employer le dernier parti qui restait à prendre. On mit l'établissement en location. Les sociétaires ne se résèrvèrent que les salons du premier étage, le logement du concierge et l'usage de la grande salle pendant six jours de l'année, au choix. Le sieur Bovy, qui loua le local à ces conditions pour y donner des représentations théâtrales, payait annuellement, 500 fls. B.

Cet état de choses dura pendant près de dix ans. Inutile de dire que les expositions, les séances publiques et les encouragements de tous genres étaient abolis. Les concerts avaient

(1) Les archives de la Société d'Emulation ne contiennent presque aucun document concernant la période de 1790 à 1807, mais naguère nous avons retrouvé, dans les papiers de M. L. Hardy, ancien secrétaire, plusieurs pièces intéressantes qui nous ont permis de donner de nouveaux détails sur cette époque.

Vers 1810, Bassenge offrit à la Société le manuscrit d'une histoire de cet établissement. Qu'est devenu ce travail ? Nous l'ignorons. M. de Gerlache, dans les notes ajoutées à l'intéressant rapport qu'il a lu à la séance publique du 22 décembre 1822, nous apprend que le docteur H. de Jaer avait rassemblé les éléments d'un travail semblable, mais il ne donna pas suite à son projet.

MM. Beanin et Soleure ont aussi inséré, dans les

aussi beaucoup perdu de leur ancienne splendeur ([1]).

La Société d'Emulation ne sortit de son engourdissement que vers 1807, peu après que M. de Micoud eût été appelé à la préfecture du département de l'Ourte. Un des premiers actes de ce haut fonctionnaire fut d'assembler les administrateurs de la Société pour les engager à se réunir à d'autres cercles scientifiques et artistiques qui existaient à Liége, promettant d'user de toute son influence pour amener la réussite de sa proposition.

Une assemblée générale fut convoquée le 4 mars 1807, afin de délibérer sur l'offre du Préfet. Aucune résolution ne fut prise, « mais, dit le procès-verbal, plusieurs membres ont proposé de s'assembler un jour à convenir pour

procès-verbaux des séances publiques, quelques détails historiques malheureusement trop écourtés. La tâche d'écrire l'histoire de la Société d'Emulation était réservée à l'honorable secrétaire-général, M. d'Otreppe de Bouvette ; malgré le soin qu'il a apporté à la rédaction de son travail, nous avons cru pouvoir publier ces recherches qui renferment, pensons-nous, des renseignement peu connus.

([1]) Ce fut à l'un de ces concerts que deux dames, appartenant à une famille des plus honorables de notre ville, essayèrent d'introduire le costume grec, alors de mode à Paris. Un cavalier alla féliciter ces dames en termes aussi peu gazés que leur toilette. mais l'une d'elles se croyant offensée, lui donna un soufflet et quitta la salle, pour ne plus se montrer dans un costume qui n'a eu à Liége que quelques heures d'existence.

se donner un souper à un petit écu par tête, y compris une demi-bouteille de vin de Bourgogne au prix de 30 sols, pendant lequel souper il sera discuté plusieurs points essentiels pour ranimer le zèle des sociétaires et pour engager d'autres amis des arts à entrer dans la même Société. »

Le souper eut lieu, et on décida que si la *Société Philharmonique de Liége* [1] manifestait le désir de se fondre dans la Société d'Emulation, cette dernière accepterait sous certaines conditions. Grâce aux bons offices de M. de Micoud, la négociation aboutit. Le 17 janvier 1808, M. le comte de Ficquelmont demanda la fusion et, peu de jours après, les membres de la Société Philharmonique furent reçus membres *agrégés* de la Société d'Emulation, en payant la cotisation annuelle d'un louis. Ils pouvaient fréquenter les salons et jouissaient des avantages communs aux membres *effectifs*, mais ils n'avaient pas voix délibérative dans les assemblées et n'étaient point co-propriétaires de l'établissement, priviléges qu'ils pouvaient acquérir en se soumettant au ballottage et en acquittant le droit de réception.

Sous le régime qui gouvernait alors le pays,

[1] La Société Philharmonique de Liége, fondée en 1803, dans le but de donner des concerts et des redoutes, avait son siége à la Halle des Drapiers, rue Féronstrée. Cette Société, trop oubliée de nos jours, a rendu, dans des temps difficiles, de très grands services à l'art musical, en encourageant les artistes et en entretenant chez eux des liens de confraternité.

la Société d'Emulation ne pouvait être reconstituée d'une manière sérieuse qu'avec le concours de l'autorité civile; aussi s'empressa-t-on d'accepter la protection offerte par le chef du département.

Le 28 juin 1808, on nomma, par acclamation, M. de Micoud membre honoraire et président effectif de la Société. Sa gestion fut signalée par de nombreuses améliorations. Bassenge et le Dr Ramoux, à qui nous devons un juste tribut de reconnaissance, unirent leurs efforts à ceux du préfet pour amener un rapprochement entre la Société d'Emulation et la *Société des Sciences physiques et médicales* (1), qui comptait dans

(1) *La Société libre des Sciences physiques et médicales de Liége* fut instituée par arrêté du préfet, le 11 avril 1806. Elle avait pour objet le perfectionnement des sciences physiques et médicales et plus particulièrement leur progrès dans le département de l'Ourte. Cette Société se composait en 1809 de trente-deux membres effectifs, de six membres honoraires et de cinquante-sept correspondants. Elle avait établi un bureau de consultation où les indigents recevaient gratuitement les secours de l'art.

La Société des Sciences tenait chaque année une séance publique. Elle a publié en 1808, un volume de mémoires sous le titre d *Actes de la Société libre des Sciences physiques et médicales de Liége*. Liége, Desoer 1808, in-8°, de 482 pp. On trouve, dans ce recueil, la liste des sociétaires, un rapport sur les travaux des membres tant effectifs que correspondants, le programme du prix à décerner en 1808 et enfin cinq mémoires sur la question proposée en 1807, savoir : *déterminer quelle est l'influence des passions sur la production*

son sein les praticiens les plus distingués de notre ville. En clôturant la séance publique organisée le 23 janvier 1809 par la *Société des Sciences*, Ramoux disait à ses collègues : « Que l'Emulation nous rappelle de douces pensées ! Une Société existe dans laquelle les soins les plus soutenus, la sollicitude la plus vive sont d'encourager les talents dont l'aurore promet de beaux jours. Elle désire une réunion ; elle veut que nous ne soyons qu'une ; eh bien ! ce souhait philantropique sera réalisé ! Les sciences doivent être sœurs et la Société estimable qui cherche à encourager, à soutenir tous ceux qui les cultivent, partage et nos jouissances et nos travaux. Ne formons plus qu'un ensemble, et le résultat de cette réunion sera la reconnaissance de nos concitoyens, ou du moins, pour nous, la satisfaction d'avoir tâché de l'acquérir. »

Bassenge écrivait peu après dans la *Gazette de Liége* du 7 février 1809 : « Il ne reste aux amis des sciences et des arts qu'un vœu à former. C'est de voir ces deux Sociétés n'en plus faire qu'une. Leur réunion centuplera leurs forces. Les lettres et les arts ne peuvent qu'embellir de leurs lauriers, de leurs guirlandes,

des maladies. Le mémoire couronné, qui figure le premier dans le volume, est l'œuvre du Dr E. C. Debruze : les autres sont de MM Charpentier, H. Billon, A. Godefroy et N***. — La dernière séance publique de cette Société eut lieu le 23 janvier 1809 : Bassenge en a donné un compte-rendu détaillé dans la *Gazette de Liége* des 28 et 30 janvier, 1 et 7 février 1809.

l'arbre vigoureux et sévère des sciences. Les membres qui forment actuellement la Société d'Emulation, pénétrés plus que jamais de l'esprit qui a présidé à son établissement, sachant qu'il est de son essence d'embrasser tous les genres de connoissances humaines, tous les talents qui charment la société, ont cru que le meilleur moyen de lui rendre tout son lustre, d'assurer son efficacité fructueuse, était de faire un appel à la *Société des Sciences* qui déjà est accoutumée à tenir ses séances dans la salle de la première. Cet appel, cette proposition ont été accueillis. C'est le plus précieux augure pour l'avenir. »

La fusion se fit avec solennité dans l'assemblée publique du 19 novembre 1809 (1). Cette séance fut présidée par M. de Micoud. Dans son discours d'ouverture, le chef du département mit en relief la nécessité de donner à la Société d'Emulation le développement qu'elle peut et doit comporter. Il appela plus particulièrement l'attention sur les progrès de l'agriculture, de l'industrie et des sciences, et manifesta l'espoir de voir la *Société pastorale de la sénatorerie de Liége* (2) suivre l'exemple de la

(1) Les membres de la Société des Sciences furent admis sans ballottage, en payant l'annuité d'un louis : les titres qu'ils avaient conférés aux savants étrangers furent reconnus par la Société d'Emulation.

(2) Cet espoir ne s'est pas réalisé. — La *Société pastorale de la sénatorerie de Liége* a été créée en 1805, dans le but d'améliorer les espèces de bêtes à laine commune, soit en élevant la race espagnole pure, dite *mérinos*, soit en

Société des Sciences. « Ces Sociétés ainsi réunies, ajouta-t-il, ne formeront qu'un tout, elles auront un centre unique, elles obtiendront par là une consistance solide et mériteront les regards protecteurs du gouvernement. »

Aussitôt après cette assemblée, on s'occupa de former les quatre comités institués par le règlement de 1809. La Société se composait alors d'environ soixante-dix membres effectifs : chaque sociétaire pouvait, d'après les statuts, se faire inscrire dans le comité qu'il préférait et cultiver ainsi la science ou l'art le plus analogue à son goût ou à sa profession.

Grâce à une commission choisie parmi les anciens membres de la *Société Philharmonique*, les concerts et les soirées musicales redevinrent dignes de leur première réputation : ils furent organisés avec goût et de manière à encourager les artistes nationaux [1], tout en les faisant appré-

croisant des brebis indigènes avec des béliers mérinos. Cette Société comptait trente membres en 1812. Elle fut successivement présidée par M Ph. de Lom, puis par M. le baron Erasme de Surlet de Chokier. M. Léonard de Schiervel en était secrétaire. Les procès-verbaux des différentes séances annuelles ont été publiés : on y trouve plusieurs mémoires curieux de MM. de Surlet et de Schiervel. — Bassenge a inséré, dans le procès-verbal de la séance publique de la Société d'Emulation de 1811, un poëme, suivi de notes intéressantes, sur la Société Pastorale.

[1] La Société, en sus de la somme allouée à chaque artiste qui coopérait à ses réunions musicales, donnait tous les ans un concert spirituel dont la recette était partagée entre les membres de l'orchestre.

cier. Indépendamment des œuvres de Grétry (1), on eut souvent à applaudir celles d'Adrien, d'Ansiaux, de Gresnick, de Pieltain et d'autres compositeurs Liégeois.

Les administrateurs travaillèrent aussi à rétablir la bibliothèque, en grande partie dispersée lors de la suppression de la Société. Des dons nombreux furent faits tant par le gouvernement que par des particuliers ; on réclama de différentes personnes des ouvrages provenant de l'ancienne bibliothèque ; enfin M. J. Dechamps, alors bibliothécaire, en dressa avec soin un catalogue méthodique, mais il eut la malencontreuse idée de faire vendre au poids du papier plusieurs collections de journaux de l'époque de la révolution et d'autres pièces qu'il jugea sans importance.

Dès le 15 janvier 1810, les Comités se trouvèrent définitivement constitués et la première

(1) Le buste de Grétry, exécuté par Sajou, fut inauguré le 28 mars 1810, dans la grande salle de la Société, honneur qui jusqu'alors n'avait été accordé qu'à Velbruck.

Ce buste, donné par M. le bourgmestre de Fossoul, a servi de modèle à celui que notre concitoyen Evrard sculpta en 1780, aux frais de la cité, pour orner la salle de Spectacle de Liége, buste qui disparut lors de l'incendie de 1805. *V. Rouveroy. Scenologie*, p. 112.

On voit encore, dans l'un des salons de la Société, un beau portrait en pied de Grétry, peint par Laurent Lefebvre, élève de David. L'artiste envoya cette toile à l'exposition de Liége de 1813 et, peu après, il en fit hommage à la Société, qui lui témoigna sa gratitude par l'envoi d'une tabatière d'une valeur de 400 *frs*.

séance publique fut fixée au 19 mars suivant. Le préfet ne négligea rien de ce qui pouvait donner de l'éclat à cette cérémonie. Dans le discours qu'il prononça, il fit de nouveau ressortir la pensée qui l'avait engagé à reconstituer la Société d'Emulation, pensée tout utilitaire et où les lettres et les beaux-arts n'apparaissent qu'accessoirement : « Ce sont les éléments de la prospérité publique, disait-il à ses collègues, qui obtiendront votre attention particulière. Les objets les plus intéressants fixeront vos premiers regards et vous servirez l'humanité en indiquant les maladies qui tiennent au climat et aux habitudes, en faisant connaître les moyens préservatifs. Vous éclairerez la pratique de l'agriculture, encore si imparfaite dans la plus grande partie du département. Enfin le commerce, les fabriques, les arts, aucun des objets d'une utilité réelle n'échapperont à vos recherches, et votre sollicitude se portera de préférence sur tout ce qui peut améliorer votre position agricole, commerciale et industrielle. »

Cette première séance fut digne des plus beaux jours de la Société sous Velbruck : on y lut différents travaux historiques et littéraires ; cinq prix furent proposés pour l'année suivante, enfin on procéda à la distribution des récompenses aux élèves des cours de médecine, de chirurgie (1)

(1) Comhaire et Ansiaux commencèrent ces cours en 1806, dans l'amphithéâtre St-Clément : les leçons étaient publiques et gratuites. Ces deux praticiens distingués formèrent un nombre considérable d'élèves qui,

et d'accouchements ([1]), cours qui étaient alors donnés, sous les auspices de l'autorité, par MM. Comhaire, Ansiaux et Ramoux. Ces prix dont les hospices civils et M. Bailly, maire de Liége, faisaient les frais, étaient précédemment distribués par la Société des Sciences, mais depuis sa fusion, ce privilège passa à la Société d'Emulation.

Un mois après cette séance, le 29 avril 1810, la Société ouvrit sa première exposition artistique et industrielle, solennité qui n'avait plus eu lieu depuis 1787. Le nombre des objets envoyés s'éleva à 84; on y remarquait des produits manufacturés provenant des établissements de MM. Christian, Dony et Poncelet; des tableaux d'Ansiaux, Defrance, Dreppe, Fassin, Latour, Lefebvre et Lion; des sculptures de Dartois, Gathy, Henrard et Robert, des gravures de

sur leurs certificats, étaient admis au grade de docteur dans différentes universités et notamment à Paris. Ces certificats donnaient aussi admission à l'examen du jury pour les officiers de santé.

([1]) Nous avons vu précédemment qu'un cours sur l'art des accouchements était donné par le docteur Falize, à la fin du siècle dernier, sous la surveillance de la Société. Ce fut en 1806, que le docteur Ramoux rétablit cette utile institution, à l'hospice de la Maternité. Elle produisit les meilleurs résultats, surtout dans les communes rurales où les accoucheuses étaient dénuées de toute instruction et réduites, pour la plupart, à des pratiques routinières ou traditionnelles. Le cours de Ramoux etait pratoné par le préfet · plusieurs fois il adressa des circulaires aux maires des communes, pour les engager à y envoyer des élèves.

Coclers, Demeuse, Demarteau, Dreppe et Jehotte.

Ces expositions se renouvelèrent les années suivantes, mais elles n'amenèrent pas le résultat que l'on en attendait, au point de vue artistique surtout. A cette époque le département de l'Ourte comptait un très-petit nombre d'artistes et plusieurs d'entre eux s'étaient fixés loin de la mère patrie. Ajoutons encore que la Société négligea de prendre une mesure qui, avant la révolution liégeoise, avait produit le meilleur effet : nous voulons parler de l'acquisition, puis de la mise en loterie des tableaux et objets d'art jugés dignes d'encouragement.

Dès que le procès-verbal de la première séance publique eut été imprimé [1], le préfet en envoya des exemplaires à M. de Montalivet, alors ministre de l'intérieur : peu après ce haut fonctionnaire assura à la Société la protection du gouvernement et mit à sa disposition, comme encouragement, un subside annuel de 600 frs. « Je vois avec intérêt, écrivait-il le 15 juillet 1810 à M. de Micoud, la Société d'Emulation rouvrir ses travaux sous votre protection et j'applaudis au vœu qu'elle a émis d'y voir coopérer la *Société Pastorale* en l'agrégeant à son institution. Le concours de ces deux réunions d'hommes éclai-

[1] Un anonyme publia une critique de ce procès-verbal avec les commentaires les plus offensants pour certains membres de la Société. Cette pièce, que nous avons vainement cherchée, contient, dit Bassenge dans la *Gazette de Liége* du 14 mai 1810, *de lâches et dégoûtantes platitudes*.

rés et animés d'un même zèle, ne peut que donner à leurs opérations une nouvelle activité et leur prêter un appui salutaire : quelle que soit au surplus la détermination qu'elles prennent sur cet objet, je ne perdrai point de vue leurs intéressants travaux. »

La Société, ainsi reconstituée, put poursuivre avec fruit ses travaux et se trouva bientôt en relation avec différentes académies et sociétés savantes de premier ordre, notamment avec la Société d'Encouragement de Paris. L'appel que le préfet avait fait, lors de la séance d'inauguration, aux fabricants et aux industriels étrangers à notre ville, fut entendu : parmi les premiers qui se présentèrent au ballottage, nous remarquons les noms les plus honorables du département, entre autres, MM. R. de Biolley ; J. I. Franquinet, I. et F. Simonis, de Verviers ; H. Delloye, de Huy ; G. Breuls et B. Scheiber, de Neau ; Godin, d'Ensival ; J.-E Soumagne, de Francomont, etc. (1).

M. Soleure, secrétaire général, avait présenté le 5 février 1809, avec l'approbation du Préfet un projet de statuts qui fut adopté par la Société et dont voici quelques dispositions :

(1) La Société se montra sobre de distinctions pendant la période de 1809 à 1814 : elle ne conféra guère qu'une dizaine de diplômes de membres correspondants et nomma quatre membres honoraires, savoir : Desmousseaux, ancien préfet de l'Ourte, à Dreux, J.-N. Bassenge, littérateur, à Liége, J.-E.-A. Ansiaux, peintre et A.-J. Grétry, littérateur, à Paris.

— La Société prend le titre de *Société libre d'Emulation et d'encouragement pour l'agriculture, les sciences et les arts.*

— Toute personne quel que soit son domicile peut devenir membre de la Société

— Chaque membre souscrit annuellement pour une contribution de 25 fr.

— Ces souscriptions seront employées 1° à l'acquittement des charges et contributions ; 2° à proposer des prix pour des questions de littérature et pour des procédés avantageux à l'agriculture, aux arts et aux manufactures ; 3° à l'augmentation de la bibliothèque ; 4° à l'abonnement aux journaux ; 5° aux dépenses qu'exige le rétablissement de l'exposition annuelle des productions des beaux-arts et de l'industrie du département.

— Le Conseil d'administration admet les nouveaux membres sur la présentation d'un ancien Il choisit des correspondants chez l'étranger sur la présentation d'un des Comités.

— Le Conseil est composé de dix membres, le président, le vice-prédident, le secrétaire, le secrétaire-adjoint, le caissier, le bibliothécaire, et d'un membre de chaque Comité.

— Il y a quatre Comités, savoir : des sciences physiques, chimiques et médicales ; de littérature et des beaux-arts ; d'agriculture et d'économie rurale ; des arts et manufacture et de tout ce qui peut tendre à l'amélioration de l'industrie du département.

— Une assemblée générale a lieu chaque année.

Ce premier règlement, après une expérience d'environ trois ans, fut trouvé insuffisant. M. de Micoud proposa, à l'assemblée générale du 22 octobre 1811, différents changements qui furent adoptés, ainsi qu'un règlement d'ordre intérieur. Des améliorations ont été apportées à ces Statuts en 1822 et en 1833, mais elles sont relativement peu importantes.

Jusqu'en 1813, la Société fut fidèle à son règlement; elle tint chaque année une séance publique ([1]). Ces réunions, sans être brillantes, ne laissèrent pas de produire d'excellents résultats. Parmi les personnes qui prirent une part active aux travaux de ces solennités, nous citerons notamment, dans les sciences médicales, MM. Ansiaux, père et fils, Comhaire, Delvaux, H. de Jaer, Ramoux et Sauveur; dans les lettres, MM. N. Bassenge ([2]) de Beaune, Comhaire, Donville, J.-N. Ista, Liegeard, Rouveroy et Soleure; dans l'industrie, MM. Dony et Ryss.

Nous apprécierons, dans un article spécial, le résultat des expositions, les concours annuels et les productions des divers comités à cette époque : disons toutefois que le comité des sciences physiques et médicales est celui dont les travaux ont eu le plus d'éclat. Ce comité s'était

([1]) Sous l'empire, la Société d'Emulation tint cinq séances publiques, le 19 novembre 1809, le 19 mars 1810, le 19 mai 1811, le 23 juillet 1812 et le 3 mars 1813.

([2]) N. Bassenge mourut à Liége le 16 juillet 1811. La Société d'Emulation voulut payer un tribut de reconnaissance à la mémoire de cet homme distingué : elle organisa un grand concert funèbre où M. Destriveaux, alors secrétaire-général, prononça l'éloge du défunt et annonça que la Société accordait à Bassenge le plus grand honneur qu'elle puisse conférer, l'inscription de son nom dans la grande salle des séances publiques.

mis en rapport avec la plupart des officiers de santé du département, qui lui communiquaient les observations intéressantes faites dans le cours de leur pratique, observations que le comité insérait, après les avoir coordonnées, dans les rapports présentés aux assemblées publiques.

La Société d'Emulation ne se borna pas à stimuler les travailleurs, soit par des distinctions flatteuses, soit par des encouragements; elle prit aussi l'initiative de différentes institutions qui rendent encore aujourd'hui les plus grands services. Citons notamment la *Société de charité maternelle*, dont les bases furent jetées en décembre 1808, par le Dr Ramoux, à une de nos assemblées générales, et la *Société de prévoyance en faveur des ouvriers houilleurs du département de l'Ourte*, association sanctionnée par décret de Napoléon I, le 26 mai 1813, et reconstituée depuis par arrêté royal du 24 juin 1839.

En 1812, la Société d'Emulation, grâce à la persévérance de M. Liégeard, secrétaire-général de la préfecture, jeta encore les bases de l'*Athénée des Arts* ou école gratuite de peinture, sculpture, gravure et architecture (1).

(1) L'Académie de Liége et l'Ecole de dessin que Velbruck avait fondées, tombèrent avec la révolution. Plus tard un cours de dessin fut établi à l'Ecole centrale, mais il cessa bientôt d'être donné, quoiqu'il comptât plus de cent élèves. Ce fut pour combler cette lacune que M. Liégeard proposa de créer, par souscriptions volontaires, l'*Athénée des Arts*. Cet établissement, dont la direction était confiée au peintre Hennequin, alors fixé à Liége, avait son siége à l'ancien hospice St-Michel, rue de l'Etuve.

La Société comptait pouvoir réaliser d'autres projets. Ainsi elle se proposait de donner des cours gratuits à l'usage des ouvriers, de former un cabinet de produits naturels et manufacturés du département, enfin de créer, avec le concours du préfet et de l'autorité compétente, une école pour l'exploitation des mines. Des démarches avaient déjà été faites pour assurer l'existence de ce dernier établissement et tout faisait prévoir les meilleurs résultats, lorsque survinrent les événements de 1814. Peu d'années après, ces heureuses innovations rentraient dans le programme de l'université de Liége.

Si, à cette époque, la Société ne fit pas pour les arts tout ce que ses antécédents permettaient d'espérer, elle ne resta cependant pas indifférente. Sans parler des encouragements qu'elle accorda, elle mit des bourses d'étude à la disposition de plusieurs artistes, afin de les aider à terminer leurs études à l'étranger. Au nombre des jeunes gens qui jouirent de cet avantage, nous remarquons *Jean-Lambert Salée*, d'Ans, recommandé à l'Administration municipale et à la Société d'Emulation par Grétry, de Micoud et Lemot, de l'Institut. Salée se montra

L'ouverture des cours se fit le 16 février 1813. Le 3 mars suivant, M. Liégeard lut à la séance publique de la Société d'Emulation un rapport détaillé sur cette institution, rapport qui a été inséré dans la *Gazette de Liége* du 11 mars 1813. *L'Athénée des Arts* n'eut qu'une existence éphémère ; il fut fermé lors de l'arrivée des troupes alliées à Liége.

digne de cette faveur ; il obtint de brillants succès à l école spéciale des beaux-arts de Paris et devint un de nos premiers sculpteurs.

L'exposition de 1813 fut la dernière des quatre solennités de ce genre organisées à Liége sous l'Empire. Tous les moyens propres à donner quelque éclat à cette manifestation furent employés. La Société annonça que non-seulement un rapport serait adressé au ministre de l'intérieur et à la Société d'Encouragement de Paris, mais qu'elle se proposait de décerner des médailles d'encouragement 1° au meilleur morceau de peinture, sculpture ou architecture; 2° aux objets manufacturés d'une manière plus parfaite que ceux qui ont été faits jusqu'à présent; 3° aux inventions nouvelles ([1]).

Le préfet voulut joindre son concours officiel à ceux des membres de la Société; il adressa la circulaire suivante aux maires des principales communes du département :

Liége, 15 mars 1813.

C'est du 15 avril prochain, Messieurs, au 15 mai suivant, que l'Exposition des produits de l'industrie de ce département aura lieu dans la salle de la Société d'Emulation, sise place du Lycée, à Liége.

Je vous prie d'en donner promptement connaissance aux fabricants et aux artistes de votre ressort. Ils devront adresser franc de port les objets qu'ils désireront exposer, au sieur Halen, concierge de la Société. avant le 13 avril, terme de rigueur, afin qu'on ait le temps de disposer avec ordre tous ces objets.

(1) Ces médailles, au nombre de huit, ne furent distribuées que le 13 décembre 1816.

Je ne doute point que cette nouvelle Exposition ne présente à l'attention du public, des preuves satisfaisantes des progrès que s'attachent à faire les manufacturiers et les artistes de ce département dans les branches respectives de leur industrie.

J'éprouverai une vive jouissance si cette Exposition offre des résultats dignes d'être mis sous les yeux du gouvernement.

J'ai l'honneur d'être, Messieurs, votre très-humble serviteur,

BARON DE MICOUD.

Malgré ces efforts réunis, et quoiqu'en aient dit des comptes-rendus pompeux (1), cette exposition n'eut guère plus d'éclat que les précédentes. Les exposants furent peu nombreux et le nombre des objets envoyés assez restreint. Le moment était du reste mal choisi. La politique absorbait tous les esprits; on appréhendait les événements qui, peu après, devaient changer la face du pays.

Le préfet présida encore l'assemblée générale du 25 octobre 1813; mais à partir de ce moment les travaux de la Société cessèrent complétement.

La Société d'Emulation, sous l'Empire, eut moins d'éclat qu'au siècle dernier, mais elle ne

(1) V. notamment le *Procès-verbal de la séance publique de* 1816 et la *Gazette de Liége des* 15, 23, 26, 29 et 30 mai 1813. Les principaux objets exposés avaient été envoyés par MM. Ansiaux, Fanton, Foulon, Hennequin, Lefebvre et Thonet, peintres; Ruxthiel et Salée, sculpteurs; Chevron et Duckers, architectes; Begasse, Burdo, de Biolley, Dardenne, de Montagnac, de Méan, Dony, Lefebvre et Piret, fabricants.

cessa pas d'être utile. Ses travaux suivirent l'impulsion administrative du temps, ce qui explique leur tendance scientifique et industrielle plutôt que littéraire et artistique.

Si la gloire d'avoir fondé notre institution revient tout entière au prince Charles de Velbruck, l'honneur d'avoir relevé cet établissement de ses ruines appartient de droit à un étranger, à M. de Micoud (1), dont le nom est aujourd'hui trop oublié.

« Président de la Société pendant plusieurs années, écrivait en 1819 l'honorable M. Dewandre, M. de Micoud lui voua un intérêt, une sollicitude qui ne se ralentirent jamais. Par ses efforts constants, par les encouragements qu'il savait multiplier, quelquefois à ses propres frais, par l'émulation, l'ardeur, l'enthousiasme qu'il communiquait, qu'il propageait, qu'il soutenait sans cesse parmi ses membres, il parvint à l'environner d'une nouvelle considération, à lui rendre sa première splendeur, à faire encore récompenser les talents, protéger les dispositions naissantes, proclamer et honorer les actions nobles et généreuses. Oui, c'est Micoud-d'Umons qui a rendu à notre patrie cette belle création de Velbruck, et désormais la Société ne chantera pas le nom du prince vénéré qui la fonda, sans signaler en même temps à la reconnaissance celui de son régénérateur. »

A cet éloge mérité, nous ajouterons un vœu,

(1) Ch E de Micoud-d'Umons, baron de l'Empire. chevalier de la Légion-d'honneur, ordonnateur de la marine, puis préfet du département de l'Ourte, est mort à Paris le 17 décembre 1817, âgé d'environ 64 ans. On lui doit différents travaux sur les finances, les institutions de crédit etc. V. Quérard *la France littéraire.*

celui de voir la Société d'Emulation reconnaître par un hommage public, solennel, digne de la gratitude liégeoise, les services rendus par son premier président.

III.

Les événements qui marquèrent la chute de l'Empire et les changements politiques qui en furent la conséquence portèrent un nouveau coup aux travaux littéraires et aux études artistiques déjà si délaissés chez nous. Aussi, pendant plus de quinze mois [1], la Société d'Émulation ne donna signe de vie que par l'organisation de quelques modestes concerts de carême.

Le nombre des sociétaires, qui était de 150 en 1813, descendit à 85 vers la fin de l'année suivante; les finances s'obérèrent insensiblement et le local subit des détériorations notables. Les troupes alliées occupaient la ville; la Société ne fut pas

[1] Non-seulement les comités ne se réunissaient plus, mais il n'y eut pas même d'assemblée générale depuis le 24 octobre 1813 jusqu'au 15 janvier 1815.

exemptée des logements militaires ; il en résulta qu'en dépit de la plus sévère discipline, des dégâts de toute nature furent commis à son préjudice.

A part l'influence de ces événements, une réorganisation était devenue nécessaire.

Dès que le calme commença à se rétablir, un homme d'initiative, le Dr de Jaer, alors secrétaire-général, appliqua tout son zèle à relever la Société, à lui rendre son véritable caractère et ses anciennes traditions.

Une première assemblée fut convoquée pour le 15 janvier 1815. Les associés se montrèrent animés des meilleures intentions et chacun promit de contribuer de son mieux à combler les vides laissés par les démissions de l'année précédente. De son côté, M. de Sack, gouverneur du Bas-Rhin, continua l'allocation de 600 frs., précédemment accordée par le gouvernement français, et se fit un véritable plaisir d'aider la Société par tous les moyens qui étaient en son pouvoir.

L'esprit politique de la grande majorité des sociétaires était, à cette époque, favorable à la réunion des provinces belges à la Hollande. Dès le 3 juin 1815, lorsque le roi Guillaume vint pour la première fois visiter Liége, la Société d'Emulation envoya une députation (1) pour compli-

(1) Cette députation était composée de MM. Beanin, de Jaer et Defrance, membres du Conseil, et de MM. de Geradon, Lesoinne, comte de Méan et de Spirlet-de Thier, sociétaires.— Lorsque le roi Guillaume revint à Liége, en

menter le nouveau souverain et improvisa une soirée musicale en son honneur. Cette fête ne laissa rien à désirer au point de vue artistique, mais on eut honte de l'état de délabrement dans lequel se trouvait le local. Poussés par un sentiment généreux, les sociétaires décidèrent que des réparations importantes seraient immédiatement commencées à la salle des séances publiques et au salon de lecture. Une première somme de 8,400 francs fut souscrite séance tenante et mise à la disposition de l'architecte Duckers, que l'on chargea des travaux ([1]).

juin 1829, les membres de la Société, chargés de le complimenter, furent MM. Sandberg, de Bleret, Ch. Dubois, Frankinet, Gravez et J. J. Picard.

([1]) Bien que ces réparations, décrétées le 9 juin 1815, eussent été immédiatement commencées, elles ne furent terminées que vers 1833, époque où l'on appropria le second étage. La dépense totale peut être évaluée à une vingtaine de mille francs, somme qui fut souscrite par actions de 120 francs portant intérêt à 5 p. c., et par versements déterminés remboursables par huitièmes, d'année en année. La caisse d'épargne avança en juillet 1830, une dernière somme de 3,000 florins pour terminer les travaux, moyennant inscription sur la Société et un intérêt de 4 p. c.

La grande salle des séances publiques, bâtie par Duckers, pouvait contenir environ 500 personnes : elle laissait beaucoup à désirer, tant par sa disposition que sous le rapport de l'acoustique. Cette salle a été reconstruite en 1853 par M. Delsaux et considérablement agrandie. — Le corps de bâtiment, constituant la Société proprement dite, a été commencé en 1823, sur les plans de M. H. Dewandre, avocat. M. Duckers avait proposé une

Grâce au zèle de quelques membres du Conseil d'administration et au concours des autorités, la Société ne tarda pas à se trouver réorganisée. Le nombre des associés ([1]) s'accrut considérablement ; les comités reprirent leurs travaux ; les relations avec les sociétés étrangères, un instant interrompues, furent renouées ; le nouveau gouvernement continua l'allocation annuelle ([2]) ; enfin le Roi des Pays-Bas, cédant au désir qu'on lui avait manifesté, prit la Société sous sa protection spéciale. Voici la lettre que M. Verstolck van Soelen, commissaire-général à Liége, adressa le 5 septembre 1815 aux administrateurs de la Société :

façade plus ornementée avec pérystile à colonnes, etc. le budget ne permit pas de réaliser ce projet trop coûteux. — En juillet 1818, on voulut faire orner de fresques la grande salle des séances ; MM. Dreppe et Thonet furent chargés de présenter un devis, mais il paraît qu'on ne put s'entendre

([1]) Le nombre des sociétaires était tellement accru en 1816, que l'assemblée générale du 16 août de cette année dut modifier deux articles des Statuts On porta à 200 le nombre des membres et le droit de réception à 75 frs. — En 1820, la Société ne comptait plus que cinq membres fondateurs (1779) : MM. de Ponthière, avocat ; Desoer, ancien receveur-général ; Nagant, rentier ; Ramoux, curé de Glons, et Ramoux, docteur en chirurgie.

([2]) La Société reçut cette allocation pendant toute la durée du gouvernement hollandais, bien que, dans le principe, elle n'ait été accordée que provisoirement, c'est-à-dire jusqu'à l'organisation des écoles supérieures dans les provinces méridionales du royaume.

Messieurs,

J'ai l'honneur de vous annoncer que, par sa lettre du 31 août dernier, S. Exc. le secrétaire-d'État de Cappelen m'informe que Sa Majesté consent à prendre la Société sous sa protection spéciale et permet que son nom soit inscrit, à ce titre, sur les registres de la Société.

J'éprouve beaucoup de satisfaction à vous faire part de cette décision de Sa Majesté.

Recevez, Messieurs, l'assurance de ma considération distinguée.

Le commissaire-général de S. M. le Roi des Pays-Bas résidant à Liége et ministre plénipotentiaire désigné près de S. M. l'Empereur de toutes les Russies,

VERSTOLCK VAN SOELEN.

Non contents de cette haute protection ([1]), les sociétaires voulurent encore se rattacher un concitoyen que le Roi honorait de toute sa confiance : M. le comte de Mercy-Argenteau, grand-chambellan à la Cour de Bruxelles, fut appelé à la présidence([2]). Il eut été difficile de choisir un admi-

([1]) La Société d'Émulation ne prit jamais le titre de *Société royale* auquel elle avait droit : on se borna à la faire inscrire dans l'*Almanach officiel*, parmi les corps savants immédiatement en rapport avec le gouvernement. La protection de Guillaume Ier valut à la Société l'envoi de plusieurs publications importantes, au nombre desquelles nous remarquons la *Flora Batava*, recneil dont la première livraison fut adressée en 1817, et qui continue à nous être gracieusement offert.

([2]) M. le comte de Mercy-Argenteau, aujourd'hui doyen de la Société, a été élu membre effectif en 1809. Il a conservé la présidence de 1816 à 1827.

nistrateur à la fois plus intelligent et plus sympathique.

Depuis sa fondation, la Société ne s'était pas encore trouvée assise sur des bases aussi solides et entourée de plus de considération. Quelques individualités chagrines avaient bien essayé de jeter du discrédit sur ses travaux; mais, comme le disait fort bien le Dr de Jaer, « la malignité ne pourrait s'exercer sans injustice sur une réunion qui mérite les suffrages de tous les bons esprits. Sans doute, ajoutait-il, nous accueillons avec distinction ceux qui viennent se ranger parmi nous munis d'un savoir profond, de connaissances étendues, et nous pourrions citer plusieurs de nos collègues qui ne seraient point déplacés dans une réunion de savants distingués. Mais nous nous gardons bien de repousser de notre sein ceux qui n'ont d'autres titres à nous offrir que leur amour pour les arts, que leur désir de les voir prospérer dans leur patrie. Nos diplômes ne sont point des titres de gloire, mais ils font l'éloge du cœur et des opinions de ceux qui les ont obtenus : nous les donnons avec plaisir au génie, aux talents; nous ne les refusons pas à ceux qui ne peuvent qu'en bien sentir et qu'en admirer les productions. Le caractère de notre institution la range donc sur une ligne toute particulière, la distingue de la plupart des autres Sociétés établies dans les provinces. Elle est grande, elle est belle, cette idée qui nous sert de base, de réunir, en quelque sorte, dans une seule et même famille, des hommes instruits, des artistes recommandables, confondus avec de bons patriotes qui suivent leurs conseils, et les aident de leur crédit et de leur fortune ([1]). »

Bien que le règlement fixât au mois de février la séance publique annuelle, elle ne put être organisée que dans le courant de décembre 1816. La plupart des notabilités de la province, désireuses de témoigner, par leur présence, l'intérêt qu'elles portaient à la reprise de nos travaux, s'étaient fait un devoir d'assister à cette réunion ([2]) : on y lut différentes productions importantes; le comité des sciences physiques distribua les récompenses méritées par les élèves des cours de médecine et de chirurgie qui se donnaient alors à Liége; on remit les prix obtenus par les artistes et les fabricants qui avaient con-

([1]) Discours de M. H. de Jaer, prononcé le 13 décembre 1816.

([2]) On rétablit à cette époque l'ancien usage des banquets de sociétaires *à pique-nique*. Ils avaient lieu le lendemain des séances publiques et le jour de la sainte Barbe de chaque année. Ces diners étaient généralement d'une centaine de couverts et on y portait quatre toasts : *Au Roi, protecteur de la Société — à la Société d'Émulation — au Président de la Société — aux Liégeois qui font honneur à leur patrie* La grande salle servit encore, de 1817 à 1830, pour plusieurs grands banquets officiels donnés par des autorités constituées. Ce fut dans cette enceinte que les États provinciaux célébrèrent, le 25 août 1816, l'anniversaire de la naissance du roi Guillaume, et que les officiers de la garde communale de Liége protestèrent, *le* 20 *septembre* 1829, de leur dévouement au prince d'Orange, alors de séjour parmi nous.

couru à la dernière exposition ; des questions furent proposées par les quatre Comités ; enfin on décerna aux lauréats des concours de la Société les distinctions accordées par les jurys. Ce fut dans cette séance que le respectable Bon de Villenfagne reçut, pour la seconde fois, la médaille d'or, et prononça ces touchantes paroles :

Messieurs,

C'est dans cette même enceinte, et à peu près à l'époque où Velbruck, cet illustre protecteur des arts, terminait sa carrière, que la Société d'Emulation couronna, par une médaille d'or, les premiers essais de ma jeunesse.

Celle que vous me décernez, messieurs, dans ce moment où la vieillesse s'approche de moi, me dédommage agréablement des peines que m'ont coûtées les recherches sur nos fastes, que vous venez d'accueillir si favorablement (1). Il m'est surtout bien flatteur de la recevoir entouré de mes concitoyens.

C'est ainsi, messieurs, que vous avez cru devoir

(1) De Villenfagne publia cet important travail en 1817, sous le titre de *Recherches sur l'histoire de la ci-devant principauté de Liége*. Liége, Collardin, 1817, 2 vol. in-8°. Nous avons vu, chez M. Ed. Lavalleye, le manuscrit original de ces *Recherches*, avec cette note de la main de l'auteur : « Cet ouvrage a été remis entre les mains du Secrétaire de la Société d'Emulation de Liége, vers la fin de 1813, mais les grands événements survenus dans le cours de cette année mémorable, et le passage continuel de troupes parmi nous pendant le mois de décembre de la même année, et surtout pendant plusieurs mois de la suivante, ne permirent pas à la Société d'Émulation de s'occuper des Mémoires qu'elle avait demandés et reçus, sur différents sujets désignés en 1812. »

applaudir aux derniers travaux d'un Liégeois, qui, pendant trente et des années, s'est consacré à l'étude de l'histoire de sa patrie, et qui s'est toujours imposé principalement à tâche de lever le voile ténébreux et mensonger dont elle était obscurcie.

Les séances publiques continuèrent à être brillantes et relativement assez nombreuses. Elles se renouvelèrent en 1819, 1821, 1823, 1825 et 1828 (1). Nous nous bornons à rappeler ici ces dates, réservant pour un article spécial l'appréciation des travaux et des concours qui en furent l'objet.

Peu après la première séance publique, la Société rétablit l'Exposition des beaux-arts et des produits de l'industrie. Cette solennité, annoncée dès le mois de septembre 1816, ne put être ouverte que le 22 juin de l'année suivante. La commission organisatrice, « eu égard aux événements qui avaient nui aux efforts et aux travaux des artistes, (2) — nous citons ses propres

(1) On essaya d'organiser des séances publiques en 1818, 1827 et 1829, mais on dut les postposer, faute de ressources et de travaux suffisants.

(2) Dès 1816 la Société voulut, de concert avec la Régence de Liége, rétablir l'*Athénée des Arts*, dont les cours avaient cessé lors de l'entrée des alliés. (V. Annuaire de 1857, p. 57), mais ce projet ne se réalisa qu'en 1820, peu après que M. Gérard, président du Comité des arts et des manufactures, eut appelé l'attention de l'administration communale sur la nécessité de donner suite à l'arrêté royal du 13 avril 1817. L'*Ecole gratuite de dessin*, dirigée par M. Dewandre père, fut en partie reconstituée avec les éléments de l'ancien Athénée des arts. Cette institution comptait plus de 200 élèves en 1821.

expressions, — crut devoir admettre sans contrôle toutes les œuvres d'art qui lui étaient présentées.» Cette fâcheuse mesure, loin de réaliser le but qu'on s'était proposé, enleva au salon le caractère sérieux qu'on n'aurait jamais dû perdre de vue. Bien que les exposants fussent relativement nombreux, et cela se conçoit, on comptait au plus une dixaine d'œuvres dignes d'admission : à part les productions de Ruxthiel, de Fanton, de Lefebvre, de Salée et de Gathy, le reste était au-dessous de toute critique. Quelques fabricants de Liége, de Verviers, de Dalhem et de Houtain s'étaient aussi empressés de répondre à l'appel que la Société leur avait fait ; mais leurs envois, tout en méritant des encouragements, ne pouvaient guère prétendre à représenter la province la plus industrieuse du royaume.

Cette exposition fut la seule que la Société organisât sous le gouvernement hollandais ([1]). En 1819, elle tenta un nouvel essai ; on fixa au mois de juillet l'ouverture du salon ; des récompenses honorifiques furent promises aux artistes et aux fabricants, mais tous ces efforts restèrent stériles.

Nous ne pouvons passer sous silence une heureuse innovation due au zèle du Comité d'agriculture : pour la première fois à Liége, la Société ouvrit, en 1819, une exposition publique de

([1]) Nous en exceptons les expositions annuelles de l'École royale de dessin qui, bien que se faisant à la Société, avaient un caractère tout spécial.

plantes [1], à l'imitation de celles qui se faisaient à Gand depuis une dixaine d'années. Un prix était décerné à la plante fleurie la plus belle, ou à l'arbuste le plus rare. Lors de la seconde exhibition, qui eut lieu en 1821, M. Jacob-Makoy, jardinier-fleuriste, dont le nom est aujourd'hui européen, obtint la grande médaille.

Le règlement adopté en 1811 ne se trouvant plus en harmonie avec les développements qu'avait pris la Société, M. Dewandre, secrétaire-général, en proposa la révision. Il rédigea, de concert avec quelques collègues [2], un projet qui fut soumis à l'assemblée du 21 avril 1822 et voté à l'unanimité des membres présents. Ces nouveaux Statuts sont à peu près les mêmes que ceux qui nous régissent aujourd'hui. « La commission que vous avez choisie pour préparer ce travail, disait M. de Gerlache, dans un de ses rapports, a consulté avec un soin scrupuleux les traditions et les anciens règlements de la Société ;

[1] La première idée d'organiser à Liége des expositions périodiques de plantes est dûe, croyons-nous, à M. Defrance, Conseiller à la Cour de Liége et président du Comité d'agriculture de la Société d'Emulation. Dès 1813, le Conseil d'administration fut saisi de ce projet, mais les événements politiques en ajournèrent la réalisation. On sait que c'est la Société d'Horticulture de Gand qui, la première en Belgique, essaya le 7 janvier 1809, de faire une exposition publiqne de plantes. — Voyez page 62.

[2] MM. le comte de Mercy-Argenteau, Bellefroid, de Jaer, Dewandre, Frankinet, Kinker, Loop, Nicolaï, Picard, Regnier et Van Ertborn

elle s'est procuré même ceux des Sociétés étrangères pour y recueillir les dispositions qui pouvaient convenir à la nôtre, mais elle ne s'est cru permis d'innover que pour améliorer. Elle a fait tous ses efforts pour rendre son règlement clair, simple, précis et bien concordant, pour ne point paraître complice de ceux qui l'enfreindront et pour ne pas devoir le recommencer sans cesse, comme il arrive aux législateurs inhabiles [1]. »

Fidèle à son but et à ses traditions, la Société

(1) Rapport de M. de Gerlache, lu à la séance publique du 25 décembre 1822. Parmi les modifications apportées au règlement de 1811, nous remarquons les suivantes : le nombre des sociétaires fut définitivement fixé à 200; des dispositions spéciales déterminèrent la marche à suivre pour l'inscription honorable dans la grande salle ; le titre et les attributions du Comité des Sciences physiques et médicales furent changés et le nombre des membres du Conseil d'administration fut élevé à seize, par suite de l'adjonction de cinq députés. La Société modifia aussi légèrement son titre. Depuis 1809, elle s'intitulait : *Société libre d'Émulation et d'Encouragement pour les Sciences et les Arts* ; en 1822, elle devint : *Société libre d'Émulation pour l'encouragement des Lettres, des Sciences et des Arts*, dénomination qu'elle conserve encore aujourd'hui

Peu avant la révolution, le nombre des sociétaires fut porté à 300, et on admit, en sus, les officiers de la garnison en qualité de *sociétaires agrégés*. Pour jouir de ce titre, il fallait être présenté par un membre résidant. On n'était pas soumis au ballottage, mais on payait la cote annuelle comme les associés ordinaires, dont on partageait du reste les droits et les priviléges. Cette disposition, relative aux membres agrégés, tomba en désuétude, après 1830.

ne laissa échapper aucune occasion d'être utile et d'encourager le talent. Lorsqu'on commanda à Hennequin le grand tableau des Franchimontois, qui orne aujourd'hui le Musée communal, elle souscrivit pour un certain nombre d'actions; peu après, elle offrit un archet d'une valeur de 300 fr. au jeune Delaveux, qui montrait d'heureuses dispositions musicales, et facilita à plusieurs jeunes artistes les moyens d'achever leurs études et de voyager à l'étranger. Parmi ces derniers figurent MM. Colleye, Malmedye, Renardy et d'autres dont nous taisons les noms et qui font aujourd'hui honneur au pays.

La Société favorisa aussi sur son budget l'établissement de la *Société de bienfaisance pour les provinces méridionales;* elle prit une large part à la création de l'*École des sourds-muets et des aveugles* que M. Pouplin essayait alors d'organiser; enfin, en 1828, sur la proposition du Comité des arts et manufactures, elle obtint du gouvernement l'autorisation de créer à Liége une *Caisse d'épargne et de prévoyance en faveur des ouvriers.* Cette utile institution, dont la ville de Liége couvrit les premiers frais d'établissement, fut administrée gratuitement par les fondateurs [1].

(1) Cette caisse était placée sous la direction de M. L. Elias, secrétaire du Comité des arts et manufactures de la Société. Les versements ne pouvaient être au-dessous de 25 cents ni dépasser 500 florins. L'intérêt fixé à 4 p. c. était ajouté, chaque année, au capital et devenait lui-même productif. La surveillance de cette institution était confiée à une commission de 9 membres, présidée par le gouverneur de la province.

La Société s'occupa encore d'autres travaux qui, s'ils ne purent être réalisés, n'en attestent pas moins une louable initiative. Dès le 18 octobre 1815, le Dr de Jaer proposa d'établir dans l'ancien monastère de Saint-Laurent, sous la direction des Comités d'agriculture et des sciences réunis, un jardin botanique, qui servirait en même temps de promenade publique, et où l'on pourrait organiser des expositions annuelles de fleurs et d'arbustes. Le plan, appuyé par les autorités supérieures, fut soumis au gouvernement avec prière d'intervenir pour une part dans la dépense présumée, mais il resta dans les cartons du ministère. — En avril 1822, M. le major Bake, président du Comité des arts et manufactures, proposa encore aux associés de travailler en commun à une *statistique de la province*, recueil considérable qui devait exiger des recherches étendues et variées. Une commission, composée de membres choisis dans les quatre Comités, fut nommée; le plan d'après lequel cet ouvrage devait être exécuté fut rédigé, et l'on répartit les matières entre les collaborateurs. Des renseignements avaient déjà été rassemblés en assez grand nombre (1), lorsque les événements politiques vinrent arrêter les recherches et firent tomber

(1) Que sont devenus ces documents ? Les archives n'en renferment plus aucun.— La Société possédait encore une belle collection de minéraux, sur laquelle MM. Comhaire et Gaede présentèrent en 1819 un rapport au Conseil. Cette collection, jugée d'un grand intérêt pour la géologie du pays, a disparu, sans que nous en trouvions aucune mention dans les procès-verbaux de la Société.

dans l'oubli un travail qui, terminé, aurait certainement été de la plus grande importance (1).

Si la Société porta un vif intérêt aux arts, aux travaux et aux institutions d'utilité générale, elle fit plus encore pour propager l'instruction dans les classes laborieuses. L'Université, créée en 1817, avait réalisé tout ce que notre ville pouvait espérer au point de vue de l'enseignement supérieur (2), mais, en dépit des efforts du gouver-

(1) Ce fut précisément à cette époque que Richard Courtois publia ses *Recherches sur la statistique physique, agricole et médicale de la province de Liége.* Verviers, 2 vol. in-8. Ce travail eut pour collaborateurs plusieurs des membres les plus actifs du Comité des sciences physiques de la Société, notamment MM. Ansiaux, Comhaire, Hauzeur, Ramoux, Sauveur, Simon, etc.

(2) En 1818, on tenta d'organiser des conférences à la Société d'Emulation. M. J. B. Leclerc, ancien membre de la Convention, alors réfugié à Liége *, donna une première séance *sur la théorie de la musique ;* en octobre suivant, M. Gabillot exposa, en trois leçons, *l'art de la déclamation*. Ces essais eurent par eux-mêmes beaucoup de vogue, mais MM. Leclerc et Gabillot trouvèrent peu d'imitateurs. M. Ista, de Liége, fit, sans plus de succès, une nouvelle tentative en 1824. Sa conférence fut suivie de deux autres, l'une, *sur l'éloquence parlée*, donnée par M. Nanteuil, de Paris; l'autre, *sur les principes de la mnémonique*, par M. Aimé Paris. Le public liégeois n'était pas encore habitué à ce genre de séance qui n'obtint droit de cité que trente ans plus tard, grâce aux efforts et à la persévérance de notre honorable prédécesseur, M. Alb. d'Otreppe de Bouvette.

(*) J. B. Leclerc, de Chalonne (Maine-et-Loire), fut élu membre honoraire de la Société d'Émulation le 6 avril 1819.

nement, l'instruction élémentaire laissait encore beaucoup à désirer. Plusieurs essais isolés et généralement infructueux avaient été tentés par des particuliers pour remédier à cet état de choses, lorsque la Société d'Émulation résolut d'intervenir. Elle se prononça en faveur de l'enseignement mutuel, qui comptait alors un grand nombre de partisans. Dans ces vues, elle allait envoyer à Londres une personne compétente, pour y étudier les différents systèmes en vigueur, lorsque arriva à Liége, M. Joseph Hamel, conseiller aulique de l'Empereur de Russie, auteur d'un Traité estimé sur l'enseignement mutuel, et qui voyageait aux frais de son gouvernement pour le perfectionnement de cette nouvelle méthode. La Société d'Émulation profita de cette heureuse coïncidence, et se mit immédiatement en relation avec M. Hamel. Une commission fut nommée : le 16 décembre 1818, M. Dewandre présenta son rapport. Après avoir fait ressortir tous les avantages que l'on espérait obtenir des procédés lancastriens, il indiqua la marche à suivre pour doter notre ville d'un établissement destiné à les mettre en pratique. L'assemblée générale de sociétaires, convoquée dans le but de former l'association des fondateurs, souscrivit, séance tenante, pour une somme d'environ 2,000 francs, destinée à couvrir les premiers frais. La nouvelle

Réfugié à Liége où il se trouvait dans un état de gêne. Leclerc offrit à la Société, en septembre 1816, d'acheter à un prix excessivement réduit la collection d'œuvres musicales qu'il avait rassemblée à grands frais et qui passait pour l'une des plus riches de l'époque. Cette proposition ne put être acceptée, faute de ressources suffisantes. La bibliothèque musicale de Leclerc fut vendue à vil prix et dispersée.

école, placée sous la direction de M. Lafouge, qui avait été désigné à cet effet par la Société de l'Instruction élémentaire de Paris, s'ouvrit en juillet 1819 et compta bientôt un nombre considérable d'élèves (1). Sur le désir manifesté par M. le comte de Mercy-Argenteau, on adjoignit à cet établissement une *École normale gratuite.* Les maîtres qui vinrent s'y former allèrent ensuite répandre l'enseignement mutuel dans un grand nombre de communes de la province, notamment à Verviers, à Huy, à Waremme, à Visé, à Mortier, à Cornesse, etc.

Pour compléter l'œuvre commencée et propager de plus en plus l'instruction dans la classe laborieuse, la Société seconda puissamment la création à Liége d'une *École gratuite de géométrie et de mécanique pour les ouvriers.* Cette institution fondée par souscriptions volontaires, put être ouverte le 27 mars 1826, grâce au zèle désintéressé de M. Dormal. Les encouragements qu'elle reçut du Roi et de la province lui permirent bientôt de prendre d'assez grands développements (2). En 1827, la Société d'Émulation

(1) Cette école, à l'usage des deux sexes, fut établie rue Hors-Château, dans l'ancien couvent des Carmes, que la Régence avait mis généreusement à la disposition de l'Association. L'école des filles, dirigée par Mme Lafouge, ne fut ouverte qu'au mois de décembre suivant. On enseignait aux garçons la lecture, l'écriture, le calcul, la grammaire et le dessin linéaire. Les filles apprenaient, en outre, à tricoter et à coudre.

(2) On connaît les services que cette institution, aujourd'hui l'*École industrielle de Liége*, a rendus et rend encore chaque jour à notre population ouvrière.

jeta les bases de la *Société d'encouragement pour l'instruction élémentaire*, association qui a pour but de faciliter et d'améliorer les moyens d'instruction, en introduisant dans l'enseignement les méthodes les plus utiles, et surtout en distribuant à bas prix les meilleurs livres élémentaires. Cette Société continue encore aujourd'hui à remplir la mission louable qu'elle s'est imposée, et chacun de nous connaît les services qu'elle a rendus à l'enseignement primaire dans notre province.

Plus sage qu'en 1792, la Société d'Émulation, comme corps, resta étrangère aux luttes politiques qui marquèrent les dernières années du gouvernement hollandais. Aussi traversa-t-elle, sans secousse violente, les événements de 1830. Ce n'est pas à dire cependant que les aspirations de la partie jeune de la Société fussent favorables au pouvoir. Une fermentation évidente régnait dans les esprits. Le Comité de littérature constitua même, dans les derniers temps, un foyer d'opposition d'autant plus dangereux pour l'ordre de choses établi, que les travaux et les discussions y revêtaient des formes modérées et parfaitement constitutionnelles. Ce Comité, dans le but d'habituer ses membres à l'improvisation, décida, vers la fin de 1829, que chaque collaborateur défendrait tour à tour, à son choix, une thèse de littérature, de morale, de philosophie ou de *théorie politique* (1). Si l'on songe à l'état de sur-

(1) Ce fut M. Lebeau qui, dans la séance du 13 juillet 1830, prit le dernier la parole. La question qu'il discuta fut celle-ci : *La dissolution d'une chambre élective ne peut être envisagée que comme un remède à un mauvais système électoral.*

excitation où se trouvaient alors les esprits, on comprendra quelle pouvait être l'importance de cette mesure. Ajoutons que l'assemblée où l'on discutait ainsi, comptait au nombre de ses membres assidus MM. Devaux, de Gerlache, Lebeau, Materne, J. B. Nothomb, Ch. Rogier, etc. Toutefois, si la majorité des membres de ce Comité ne dissimula point ses sympathies, elle n'enfreignit jamais ouvertement les prescriptions du règlement.

Les travaux de la Société d'Émulation avaient suivi, sous l'Empire, l'impulsion administrative du temps; ils avaient été plutôt scientifiques et industriels. Sous le régime hollandais, au contraire, la Société s'occupa principalement de littérature, d'histoire, de théorie politique et surtout d'enseignement. Elle vulgarisa l'instruction élémentaire et jeta les bases de différentes institutions qui, encore aujourd'hui, rendent d'éminents services.

IV.

Les événements de 1830 ne changèrent rien à l'état constitutif de la Société d'Emulation, mais ils ne laissèrent pas d'influer considérablement sur ses travaux.

La plupart des Collaborateurs, surtout ceux du Comité de littérature et des beaux-arts, alors dans tout son éclat, appartenaient au parti national et marchaient à la tête du mouvement. Un grand nombre d'entre eux se dispersèrent après les journées de septembre : les uns quittèrent Liége, les autres ne trouvèrent plus le loisir de prendre une part active aux réunions. Parmi ces derniers, nous remarquons

MM. Paul Devaux, de Gerlache, Charles Lebeau, M. N. Leclercq, Firmin et Charles Rogier, Etienne de Sauvage, de Waha, etc. Plusieurs fonctionnaires hollandais, dévoués à la prospérité de notre Compagnie, notamment M. Sandberg Van Essenburg, gouverneur de la province, président de la Société et M. le colonel Bake, président du Comité des arts et manufactures, donnèrent aussi leur démission.

On le voit, les pertes furent nombreuses ; il fallait un certain temps pour les réparer [1] ; les premières années qui suivirent la Révolution ayant été peu favorables aux travaux de l'intelligence qui, avant tout, demandent le calme et la sécurité.

[1] Nous avons rappelé précédemment qu'en 1808 la *Société philharmonique de Liége* se réunit à la Société d'Émulation. Un fait semblable fut sur le point de se produire en 1831. La *Société Grétry*, association qui chez nous a rendu de véritables services à l'art musical, proposa à la Société d'Emulation de se fusionner avec elle. Elle comptait encore 190 membres et devait apporter une somme de 4500 fls., un piano évalué à 1000 fls., une petite bibliothèque, des instruments de musique, un mobilier considérable, etc. La Société d'Emulation accueillit les ouvertures qui lui étaient faites, à la condition qn'on ne modifierait pas ses statuts. Les bases arrêtées, on entra en pourparlers avec M. de Ribaucourt, secrétaire de la société Grétry, chargé de pleins pouvoirs. Tout semblait terminé et il ne manquait plus que la sanction de l'assemblée générale, lorsque ce projet tomba tout d'un coup, sans que nous ayons pu en découvrir la cause.

La Société d'Emulation ne perdit cependant pas de vue sa noble mission : même dans les temps les plus difficiles de notre régénération politique, elle donna de nombreux concerts, prêta un concours actif à l'organisation des expositions des Beaux-Arts (1) ; de plus, malgré l'exiguité de ses ressources, elle facilita à de jeunes artistes, qui font aujourd'hui honneur à la Belgique, les moyens d'achever leurs études et de se produire. Elle mit aussi sa grande salle à la disposition de plusieurs orateurs étrangers. M. Ysabeau, entre autres, y donna pendant quatre mois, en 1833, un cours d'histoire moderne qui obtint un véritable succès.

Si la Société conservait une certaine vie extérieure (2), il n'en était pas de même de ses Co-

(1) Ce fut dans la grande salle des séances publiques et avec le concours du Conseil d'administration que la *Société pour l'encouragement des beaux-arts*, organisa, à partir de 1830, ses premières expositions de tableaux.

(2) A cette époque, la Société d'Emulation était assez souvent consultée par le gouvernement, les administrations provinciales et communales. Ainsi en février 1832, le Ministre de l'intérieur demanda l'avis du Conseil sur le projet d'établir, près de Bruxelles, une ferme modèle pour la culture de la vigne et du maïs ; peu après, la Régence de Liége soumit à ses observations les plans de régularisation des places St-Lambert et du Spectacle. Ce fut encore à cette association que M. le Bon Van den Steen s'adressa en 1834 pour obtenir un mémoire historique détaillé sur les monuments publics de notre ville, travail qui avait été demandé par le gouvernement.

mités. Les Collaborateurs s'assemblaient encore de temps en temps, il est vrai, mais les réunions étaient peu suivies et n'offraient plus guère d'intérêt.

Le 27 février 1831, M. Jean-Baptiste Teste fut appelé à la présidence du Conseil d'administration, auquel on espérait ainsi donner une nouvelle impulsion. Cette attente fut déçue. Absorbé par ses propres affaires, M. Teste ne put tenir ce que l'on attendait de lui; sa nomination fut un hommage stérile rendu à un beau talent.

Lorsque M. J.-B. Teste rentra en France, on choisit M. Orban-de Rossius, l'un de nos grands industriels, pour lui succéder. M. Orban, qui, en maintes circonstances avait donné à la Société des témoignages de sincère attachement, ne recula devant aucun sacrifice pour la maintenir à la hauteur de sa mission; mais, pendant longtemps encore, on ne put vaincre l'indifférence de la majorité des associés.

MM. Ch Teste, H. Guillery, J. Picard, Piercot et de Leeuw, successivement secrétaires-généraux, avaient aussi fait de vaines tentatives. C'est ainsi qu'en 1832 M. Ch. Teste et en 1834 M. Picard, essayèrent sans succès d'organiser une séance publique. On voulut également créer, en 1834, une *Exposition artistique et industrielle permanente*. Toutes les mesures étaient prises; un appel avait été fait aux fabricants et aux artistes de la province, le gouvernement promettait des encouragements, l'époque à laquelle l'ouverture de l'exposition devait avoir lieu était même fixée : malgré toute la bonne volonté possible, on ne put encore aboutir à un résultat sérieux, faute d'entente entre les sociétaires [1].

Ce fâcheux état de choses dura jusqu'en 1840, époque à laquelle M. Dehaut, professeur à l'Université de Liége, fut élu secrétaire-général. Malgré les essais infructueux de ses devanciers, il ne désespéra pas de l'avenir. Convaincu que le seul moyen de rendre quelqu'activité aux Comités, c'était de donner une publicité étendue et régulière à leurs travaux, il proposa de faire imprimer à la suite des livraisons de la *Revue Belge* un *Bulletin de la Société d'Emulation*, indépendant du recueil principal et dont la direction resterait confiée à la Société.

Cette proposition, accueillie par le Conseil, n'obtint que partiellement la ratification de l'assemblée générale, qui écarta le projet d'associa-

(1) On serait même porté à croire que, vers 1835, l'intention d'un certain nombre de sociétaires était de transformer la Société en un simple cabinet de lecture. Nous voyons qu'à l'assemblée générale du 9 août 1835, vingt-trois membres seulement répondirent à l'appel et que des associés refusèrent de signer la feuille de présence, afin d'empêcher que l'assemblée ne se constituât pour délibérer. « Ce moyen de nuire à la Société et de l'entraver dans sa marche, dit le procès-verbal de cette séance, a rappelé au souvenir des personnes présentes, l'épigramme de Piron contre l'abbé Desfontaines :

...... C'est l'eunuque au milieu du sérail
Qui n'y fait rien et nuit à qui veut faire. »

tion avec la *Revue Belge*. Peu importait du reste, puisque le principe était admis. Voici la résolution qui fut prise :

1° La Société libre d'Emulation établira, immédiatement après la prochaine séance publique, un recueil pour la publication de ses travaux littéraires et scientifiques.

2° Ce recueil, qui portera le titre de *Bulletin de la Société libre d'Emulation de Liége*, contiendra toutes les pièces qui auront été lues aux séances publiques et toutes celles qui auront été analysées ou adoptées par les Comités.

3° Il sera publié à des époques à déterminer par le Conseil.

Ceci arrêté, on s'occupa à réunir les éléments d'une séance publique, solennité qui n'avait plus eu lieu depuis près de quinze ans et qui trouvait naturellement sa place en 1842, époque où la ville de Liége se proposait d'élever un monument à la mémoire de l'un de ses plus illustres enfants.

Cette séance, malgré la mort inattendue de l'honorable M. Dehaut, put être organisée pour l'époque désignée, grâce surtout au zèle de son successeur, M. Théodore Lacordaire. Le Conseil d'administration, aidé par le généreux concours de M. Orban, s'était aussi empressé de mettre à la disposition des Comités une somme d'environ deux mille francs, destinée à fonder de nouveaux prix en rapport avec les études diverses des Collaborateurs.

La solennité eut lieu le 19 juillet 1842, jour

de l'inauguration de la statue de Grétry (1). Rarement la Société d'Emulation avait réuni une assemblée aussi brillante. On y remarquait les autorités de la province, la plupart des associés résidants et un certain nombre de membres correspondants, auxquels s'étaient adjoints M. Desmaisières, ministre des travaux publics, M. de Gerlache, premier président et M. de Sauvage, président à la Cour de cassation, M. A. Grétry, petit neveu de l'illustre compositeur, etc., etc.

Cette séance, qui rappelait les temps les plus prospères, semblait marquer une ère nouvelle pour la Société ; on put même croire un instant,

(1) La Société d'Emulation avait d'autant plus de titres pour être représentée à cette fête, qu'elle avait été la première à proposer d'élever un monument à Grétry. Déjà, quelques mois après la mort de ce grand artiste, elle avait fait un appel qui eut un certain retentissement ; mais les évènements de 1814 firent tomber ce projet. Il ne fut repris qu'en 1828, de concert avec la Régence de Liége et la Société Grétry. En six semaines les souscriptions donnèrent 4,819 fls. P.-B. ; dans cette somme, la Société d'Emulation, indépendamment des souscriptions personnelles de chacun de ses membres, s'était fait inscrire pour 500 fls. Une Commission venait d'être nommée pour prendre toutes les mesures relatives à l'emplacement et à l'érection du monument, lorsque la révolution de 1830 éclata. Pendant six ans on ne s'occupa plus du projet. Ce ne fut guère qu'en 1839 qu'on put remettre à l'administration communale la somme qui avait été recueillie, somme qui, frais déduits et souscriptions non payées, s'éleva à frs. 7,192.

en voyant les témoignages de sympathie dont elle était l'objet, qu'elle allait reprendre sa première activité. Nouvelle déception. Les Comités retombèrent bientôt dans leur ancienne somnolence; ils en vinrent même à ce point, que plusieurs d'entre eux ne se réunirent plus qu'une fois annuellement *pour former leur bureau.*

Nous le constatons à regret, mais à part les concerts de Carême et quelques rares encouragements accordés à de jeunes artistes ([1]), la Société d'Emulation, pendant près de sept ans, ne donna plus signe de vie ([2]): aussi, à la fin

([1]) M. Daywaille, secrétaire-adjoint de la Société, ne dissimula point ce fâcheux état de choses dans le rapport qu'il présenta, en 1848, au Conseil d'administration. « Les rares encouragements que nous accordons aux arts et aux sciences, disait-il avec amertume, sont à peu près, dans les circonstances actuelles, le seul moyen qui nous reste pour soutenir le titre de la Société et pour qu'elle ne renonce pas à ses nobles attributs »

([2]) Les conférences données dans la grande salle des séances publiques, par le père Lacordaire, à qui on conféra le titre de membre honoraire, * et le legs de M Fréderic Rouveroy, ancien bourgmestre de Liége, sont les seuls faits saillants qui aient marqué cette période. M. Rouveroy, cet homme distingué, aujourd'hui trop oublié de ses concitoyens, semblait prévoir l'époque prochaine où la Société

* De 1830 à 1854, la Société fut sobre de distinctions honorifiques. Pendant cette période, l'inscription dans la grande salle des séances publiques ne fut accordée que deux fois: au d[r] N. Ansiaux le 8 février 1835 et au Bon de Villenfagne le 14 juillet 1842. Le nombre des associés qu'elle s'adjoignit en qualité de membres honoraires, fut aussi très-restreint.

de 1848, le nombre de ses membres était-il réduit à 169.

Cet état d'inanition et d'isolement était d'autant plus anormal que partout, en France, en Allemagne, en Hollande, les Sociétés provinciales prospéraient et produisaient d'excellents résultats. A Liége même, une association puissante, *le Cercle Artistique et Littéraire*, venait d'être fondée dans un but analogue à celui que l'on aurait dû poursuivre (1).

Il ne restait plus à la Société d'Emulation d'autre alternative que de faire un dernier et violent effort sur elle-même, ou de se résigner

d'Emulation, forte et régénérée, parviendrait à reconquérir la position brillante qu'il lui avait connue pendant tant d'années. Par son testament du 20 avril 1845, il légua à la ville de Liége un capital d'environ 30,000 frs., dont l'intérêt, après la mort de Mme Rouveroy, doit être mis à la disposition de notre compagnie, pour être distribué en prix aux lauréats des séances publiques.

Comme poète et comme moraliste, Rouveroy est certainement l'un des hommes les plus remarquables que Liége ait produits : aussi espérons-nous voir bientôt son nom inscrit dans notre grande salle, à côté des noms de ceux qui ont le plus fait pour honorer leur pays.

(1) Le *Cercle artistique et littéraire* a été installé le 1er juillet 1849, dans le but d'offrir un centre de réunion aux artistes, aux écrivains et aux personnes qui s'intéressent à leurs travaux. Il fournit aux artistes un salon d'exposition, organisa des réunions littéraires mensuelles, donna des séances de musique de chambre et de nombreux concerts.

à se voir absorber par sa jeune rivale qui, en quelques mois, était parvenue à obtenir six cents adhésions.

Le Comité de Littérature et la Commission des Concerts ([1]) comprirent tout d'abord le danger de la position : ils s'unirent pour essayer de rendre à la Société un peu de son ancienne activité, en initiant le plus grand nombre à jouir de ses plaisirs et de ses travaux.

De brillants concerts avaient déjà été donnés dans le courant du mois de janvier 1850, lorsque M. Dognée, aidé par le concours de quelques collègues, résolut d'organiser, au profit des pauvres, une Exposition de tableaux anciens, où viendraient se confondre toutes les richesses artistiques de notre ville. Ce projet reçut l'accueil le plus sympathique et, en quelques jours, on parvint à réunir plus de 250 tableaux. Pendant un mois, ils restèrent exposés dans la grande salle et attirèrent l'élite de la population liégeoise ([2]).

([1]) Nous devons dire à l'éloge des Commissions des Concerts qui se sont succédé depuis 1830, qu'elles ont dignement soutenu l'honneur artistique de la Société. Organisées avec goût par des personnes compétentes, ces fêtes musicales furent constamment suivies par l'élite de la population liégeoise, et contribuèrent puissamment à répandre et à vulgariser chez nous le goût de l'art et de la bonne musique.

([2]) Parmi les personnes qui prêtèrent à l'organisation de cette exposition un concours des plus actifs figurent en

Sur ces entrefaites, M. le chevalier de Le Bidart de Thumaïde avait été élu pour la seconde fois secrétaire-général. L'un de ses premiers soins fut de proposer au Conseil d'administration, l'organisation d'une nouvelle séance publique.

Si, cette fois encore, les Comités ne se montrèrent pas à la hauteur de leur mission, les quelques travaux qu'ils fournirent, prouvèrent du moins, que l'on ne devait pas désespérer de l'avenir. On peut même dire que la séance publique du 29 décembre 1850 se fit avec éclat et qu'elle n'eût rien laissé à désirer, si le budget avait permis d'allouer une certaine somme pour la mise au concours de questions littéraires, artistiques ou scientifiques.

Mais, pour pouvoir marcher franchement en avant, pour pouvoir rendre des services réels, la Société avait en quelque sorte besoin d'être régénérée; elle devait s'injecter d'un sang nouveau, raviver l'esprit d'association, se mêler d'une manière plus active au mouvement général et se créer des ressources qui lui permissent de satisfaire aux exigences de tous.

Dans le courant de l'année 1851, le Conseil d'administration songea sérieusement à réaliser ces réformes; il proposa de nombreuses et d'utiles améliorations.

Le moment était d'autant plus favorable, que

première ligne, indépendamment de M. Dognée, MM. L. Jamar, Ch. de Rossius et Ch. Van Marck.

des dissidences graves venaient de s'élever au sein du *Cercle artistique* et qu'un certain nombre d'associés démissionnaires se proposaient d'apporter à la Société d'Emulation un contingent considérable de volonté et d'intelligence.

Les efforts du Conseil d'administration furent couronnés d'un entier succès; chaque sociétaire sembla prendre à cœur de l'aider dans la voie nouvelle qu'il se proposait d'inaugurer. Insensiblement les solennités littéraires et artistiques devinrent plus nombreuses (1), des conférences et des cours publics furent établis; la Commission des Concerts, indépendamment des fêtes de carême, organisa des matinées musicales et des séances de musique de chambre; enfin les Comités, qui végétaient dans l'isolement, commencèrent à attirer les Collaborateurs et à fixer l'attention sur leurs travaux.

« Qu'on ne se méprenne plus, écrivait dès 1852 M. d'Otreppe, sur le caractère actuel, la portée et les tendances nouvelles de notre *libre* et *vieille Emulation*. C'est une Société d'encouragement et rien de plus, mais aussi rien de moins. Les mots qui l'expriment et la formulent disent assez qu'*in-*

(1) Parmi ces dernières, nous rappellerons le concert et la soirée littéraire, donnés en 1852, au profit de la veuve et des sept enfants d'un estimable poète liégeois, et dont la recette s'éleva à une somme d'environ 3000 frs. Ce fut encore, grâce à l'initiative de la Société d'Emulation, que cette famille, intéressante à tant de titres, obtint du gouvernement une modeste pension.

dépendante, elle n'est pas enchaînée au passé, liée par des règles inflexibles; loin de là, *libre*, elle se prête aux modifications qu'amènent le cours des temps et le progrès des arts. Dès lors, elle souffre des changements sur les modes divers de manifestations et d'encouragements. »

Aussi le nombre des sociétaires augmenta-t-il dans une proportion inconnue chez nous depuis 1779. Pendant la seule année 1853, les réceptions atteignirent le chiffre de 93 et, bientôt, on se vit contraint de rétablir le droit d'entrée [1].

Nous voudrions, en constatant ces brillants résultats, pouvoir citer les noms de tous ceux qui contribuèrent à les faire obtenir, mais la liste en serait trop longue. Nous croyons, cependant, devoir faire une exception en faveur de deux collègues qui furent, en quelque sorte, l'âme du mouvement qui s'opéra alors. Elu secrétaire-général en décembre 1851, M. Albert d'Otreppe de Bouvette montra une activité et un désintéressement au-dessus de tout éloge. Jamais il ne se laissa rebuter et il ne recula devant aucun obstacle, pour arriver au but que l'on se proposait d'atteindre. Qui ne se souvient, en effet, de ses

[1] Le règlement de 1822, renfermant certaines dispositions qui ne se trouvaient plus en rapport avec les améliorations que l'on se proposait de réaliser, fut soumis à une révision. Les changements proposés par le Conseil d'administration furent adoptés par l'Assemblée générale du 26 février 1853.

appels réitérés pour stimuler le zèle des sociétaires, de ses nombreuses brochures écrites dans les vues les plus louables, de ses efforts quotidiens pour organiser les conférences, pour encourager tous les travailleurs, pour pousser la Société à se mêler activement à la vie publique, pour concentrer enfin les idées, les intérêts, les plaisirs les plus divers?

M. L. M. Polain, président du Comité de littérature et des beaux-arts, a pris également une très grande part à la régénération de notre association. C'est surtout grâce à sa bienveillante sollicitude, grâce à l'impulsion intelligente qu'il a su donner aux travaux du Comité qu'il dirige, que la Société d'Emulation est parvenue à reconquérir, au point de vue littéraire, une position qu'elle n'aurait jamais dû perdre.

Si, en deux ou trois ans, la Société d'Emulation s'était complètement transformée, si elle avait pris une extension considérable, les avantages réalisés lui imposaient aussi de nouvelles charges.

Depuis plusieurs années déjà, on avait émis le vœu de voir reconstruire la grande salle des séances publiques, mais cet important travail était resté à l'état de projet. Dans le courant de février 1853, le Conseil d'administration résolut de s'occuper activement de cette affaire ; il s'adjoignit M. Ch. Delsaux, architecte de la province, et arrêta toutes les mesures propres à amener le prompt achèvement de l'entreprise.

Le 6 mars, l'assemblée générale, approuvant

les plans et devis de la nouvelle salle, adopta cette délibération :

Le Conseil est autorisé à contracter, au nom de la Société d'Émulation, un emprunt de *quarante mille francs*, au plus, pour couvrir les dépenses de la reconstruction et de l'ameublement de la salle des Concerts.

Cet emprunt, auquel l'immeuble tout entier servira de garantie spéciale et par privilége, sera recouvrable par cinquième, de trois en trois mois, après l'adoption du plan des travaux projetés.

A cet effet, il sera émis *cent soixante actions*, de *deux cent cinquante francs*, chacune, et qui porteront intérêt à *quatre pour cent*, l'an, aussitôt que le montant en aura été entièrement acquitté.

Ces actions seront, au choix des souscripteurs, nominatives ou simplement au porteur; mais elles ne pourront avoir ce dernier caractère, qu'alors que le paiement intrégral du dernier cinquième aura été effectué.

Le budget général de la Société contiendra, chaque année, une allocation expresse et distincte, pour le service des intérêts de la somme empruntée et de l'amortissement par voie du sort, de deux actions, au moins.

Cet amortissement s'accroîtra successivement du chiffre des intérêts des actions amorties.

Au paiement des intérêts et de l'amortissement seront destinés :

1° Une augmentation temporaire de *cinq francs*, à partir de 1854, sur la cotisation annuelle des Membres de la Société;

2° Un droit de diplôme de *dix francs* à payer par les personnes qui se présenteront pour faire partie de la Société, après le 31 décembre 1853;

3° Le produit d'un grand Concert et des Matinées musicales que l'on donnera, chaque année, au profit de la reconstruction de la salle ;

4° Le revenu de la location de la salle aux artistes et autres personnes qui voudront l'utiliser, soit pour des concerts, soit pour des soirées littéraires ou autres ;

5° Le rétablissement du droit de réception, conformément au règlement, lorsque le Conseil en aura reconnu l'opportunité.

Une commission spéciale de neuf membres, nommés par le Conseil, s'occupera de tous les détails relatifs à l'emprunt et aux constructions. (1)

L'emprunt fut couvert par les sociétaires et l'on se mit immédiatement à l'œuvre. Les travaux étaient poussés avec activité, lorsque la Commission reconnut la nécessité d'acquérir différentes parcelles de terrains avoisinants la Société. Des changements considérables durent être apportés au plan primitif. Le 11 juin 1853, l'assemblée générale prit connaissance des modifications proposées, et, revenant sur sa délibération du 6 mars, elle arrêta :

1° La salle des Concerts sera prolongée de la partie semi-circulaire, indiquée au plan modifié de M. Delsaux.

(1) Cette commission était composée de MM. Dewandre, *président*, F. Capitaine, Chauvin, Ch. Dayeneux, J.-N. Dognée, D. Leclercq, M. Nyssen, Richard-Lamarche, de Rossius-Orban, G. Orban, *trésorier*, Ch. Delsaux, *architecte*, et U. Capitaine, *secrétaire*.

2° Un salon accessoire sera construit sur le restant du terrain d'Andrimont.

3° Les acquisitions consenties par la famille d'Andrimont, MM. Springuel et Fontaine, sont ratifiées.

4° L'emprunt primitif de quarante mille francs est porté, aux mêmes conditions, au chiffre de soixante mille francs.

5° Les souscripteurs au premier emprunt, qui croiraient ne pas devoir maintenir leurs souscriptions, pourront les retirer, pourvu qu'ils en fassent la déclaration par écrit avant la fin du mois courant.

La nouvelle salle fut inaugurée le 22 mars 1854, par une séance publique. Une grande fête musicale, organisée pour le lendemain et dans laquelle se firent entendre nos concitoyens Léonard, Dupont d'Ensival et Masset, permit à la population liégeoise d'apprécier le monument dont notre ville venait d'être doté (1).

Ici se termine l'esquisse que l'on nous a engagé

(1) Il résulte du rapport présenté par M. de Rossius-Orban, dans la séance du 22 avril 1855, que les frais de construction de la salle actuelle, achat de terrains, indemnités et mobilier compris, se sont élevés à la somme de fr. 70,548,61 qui se subdivise ainsi :

Achat de terrains et indemnités:	frs.	11,992
Constructions nouvelles. . .	»	48,327-32
Tribunes, ancien local, voisinage.	»	8,962-61
Mobilier	»	1,266-68
	frs.	70,548-61

Pour couvrir l'excédant des dépenses sur l'emprunt du 11 juin 1853, l'assemblée générale du 22 avril 1855 autorisa le trésorier à recevoir une nouvelle somme de frs. 10,000, à souscrire par des sociétaires de bonne volonté. Cette somme, reconnue dette de la Société, porte intérêt à 4 o/o.

de donner sur les travaux généraux de la Société d'Emulation ; nous laissons à d'autres le soin de retracer les efforts tentés depuis cinq ans, pour la rendre digne du nom qu'elle porte.

FIN

RÈGLEMENT

DE LA

SOCIÉTÉ D'ÉMULATION.

RÈGLEMENT

DE LA

Société libre d'Émulation de Liége.

BUT DE LA SOCIÉTÉ.

Le but de la Société est de cultiver et d'encourager les lettres, les sciences et les arts.

Elle a pour devise : *Utile dulci.*

CHAPITRE I. — COMPOSITION DE LA SOCIÉTÉ.

ART. 1. La Société est composée de membres résidants, de membres correspondants et de membres honoraires.

ART. 2. Celui qui est en état d'interdiction, de faillite ou de déconfiture, ou qui a été condamné pour crime ou délit, ne peut faire partie de la Société.

ART. 3. L'exclusion est prononcée pour toute action contraire à l'honneur.

ART. 4. La Société est divisée en quatre Comités, savoir :

Le Comité de littérature et des beaux arts.

Le Comité des sciences physiques et mathématiques.

Le Comité des arts et manufactures.

Le Comité d'agriculture et d'économie rurale.

CHAPITRE II. — DES MEMBRES DE LA SOCIÉTÉ.

SECTION I.

Présentations.—Mode d'élection.—Admissions.

§ I. MEMBRES RÉSIDANTS.

ART. 5. Pour être présenté comme candidat, il faut avoir vingt-un ans accomplis, à moins d'être fils de membre de la Société.

ART. 6. La présentation, faite par écrit, énonce les noms, prénoms, âge, qualités et domicile du candidat : elle doit être signée par un membre résidant et adressée au Secrétaire qui inscrit en marge la date du jour où elle lui est remise.

ART. 7. Les présentations sont transcrites par le Secrétaire sur un tableau à ce destiné et suivant les dates de présentation. Le tableau est affiché au salon de lecture pendant quinze jours au moins avant le ballottage.

ART. 8. Le ballottage des candidats a lieu en assemblée générale, au scrutin et à la majorité des deux tiers des suffrages.

ART. 9. Pour ces élections et conformément à l'art. 35, il est adressé à chaque membre résidant des billets de convocation énonçant :

Le jour et l'heure fixés pour le ballottage;

Les noms, prénoms et qualités des candidats, dans l'ordre alphabétique ;

Les noms des présentants.

ART. 10. Le votant raie de son bulletin les noms des candidats auxquels il n'accorde pas son suffrage.

Art. 11. Le scrutin reste ouvert pendant une heure.

Art. 12. Chaque votant, après avoir inscrit son nom sur la feuille de présence, remet son bulletin au Président, qui le dépose à l'instant dans l'urne.

Art. 13. Le dépouillement du scrutin se fait en présence des votants par deux scrutateurs désignés par le Président.

Art. 14. Le résultat du scrutin est proclamé par le Président.

Art. 15. Les candidats ballottés et non admis ne peuvent être représentés qu'après l'expiration de deux années.

§ II. MEMBRES CORRESPONDANTS.

Art. 16. Les membres correspondants sont choisis parmi les hommes d'un mérite reconnu, non domiciliés dans la commune de Liége, et qui ont manifesté le désir de faire partie de la Société.

Art. 17. Un rapport sur les titres de chaque candidat doit être fait par l'un des Comités.

Art. 18. Ce rapport est soumis au Conseil de la Société et ensuite déposé au salon de lecture pendant quinze jours au moins avant le ballottage.

Art. 19. Les billets de convocation énoncent le jour et l'heure de la réunion, les noms, prénoms, qualités et domicile du candidat.

Art. 20. Le ballotage a lieu conformément aux articles 10, 11, 12, 13 et 14.

Art. 21. La nomination est faite par l'assemblée générale, au scrutin, et à la majorité des deux tiers des suffrages.

2

§ III. MEMBRES HONORAIRES.

Art. 22. Le titre de membre honoraire est décerné à des hommes qui se sont fait un nom dans les lettres, les sciences ou les arts, et non domiciliés dans la commune de Liége.

Art. 23. Les quatre Comités réunis conformément à l'art. 110, font un rapport et donnent leur avis sur les titres de chaque candidat.

Art. 24. Les formalités voulues par les articles 18, 19 et 20 sont en outre observées.

Art. 25. La nomination est faite par l'assemblée générale, après la lecture du rapport prescrit par l'art. 23, au scrutin, et à la majorité des trois quarts des suffrages.

SECTION II.

Droits et devoirs des membres de la Société. Présentation des étrangers.

Art. 26. Les membres admis reçoivent un diplôme, un exemplaire du réglement et le procès-verbal imprimé de la séance publique qui a précédé leur élection. — Le droit de diplôme à payer par chaque membre résidant est de dix francs, sans préjudice du droit de réception fixé par le conseil conformément à l'art. 44.

Art. 27. Chaque membre résidant paie dans le mois de janvier sa cote annuelle fixée à trente-cinq francs.

Art. 28. Les membres démissionnaires doivent dans le courant du mois de décembre faire connaître, par écrit, leurs intentions au Secrétaire.

ART. 29. Chaque associé choisit et fait connaître dans le mois de son admission le Comité dont il veut faire partie.

ART. 30. Il a la faculté :

De fréquenter la bibliothèque, les salons de lecture, d'assister aux réunions des Comités ;

De faire, par l'intermédiaire du Secrétaire-général, les propositions qu'il croit utiles à la Société ;

D'emprunter des livres ou d'autres objets de la bibliothèque, en se conformant aux art. 81 et 82, et à charge de remplacer l'objet emprunté qu'il aurait détérioré ou perdu ;

De présenter des candidats pour être membres de la société et des étrangers pour fréquenter les salons de lecture.

ART. 31. La présentation d'un étranger doit être inscrite, datée et signée par un membre résidant, dans un registre à ce destiné, et déposé au salon de lecture. — On est tenu de faire connaître au concierge l'étranger présenté, lequel ne peut fréquenter les salons de lecture pendant plus de deux mois dans le courant d'une année.

ART. 32. Si, pour cause d'absence, un membre résidant est nommé correspondant de la Société, il peut, à son retour, sans être soumis au ballottage, et en payant seulement la cote annuelle se faire reporter sur la liste des membres résidants, après en avoir néanmoins obtenu l'autorisation du Conseil.

Si le Conseil refuse cette autorisation, il en est référé à l'assemblée générale.

ART. 33. Les membres correspondants et les

membres honoraires entrent en relation avec la Société immédiatement après leur nomination : les ouvrages, pièces ou mémoires qu'ils lui adressent, sont mentionnés à la séance publique.

Art. 34. Ils peuvent, pendant leur séjour à Liége, fréquenter les salons de lecture, la bibliothèque et les réunions de la Société.

Cette faculté cesse pour les Associés correspondants si leur séjour dure plus de six mois.

CHAPITRE III. — ASSEMBLÉE GÉNÉRALE.

Art. 35. Tous les membres résidants sont convoqués à l'assemblée générale, par des billets énonçant les motifs de la réunion et distribués à domicile.

Vingt-cinq membres, au moins, doivent être présents pour délibérer.

Art. 36. L'assemblée générale élit les membres de la Société, nomme le Conseil, arrête les comptes annuels, règle le budget, statue sur les rapports faits par le Conseil, prononce l'expulsion prévue par l'art. 3, après l'accomplissement des formalités déterminées à l'art. 55. — Si le membre dont on propose l'exclusion a fait parvenir des moyens de défense, il en est donné lecture avant le scrutin.

Art. 37. L'exclusion ne peut être prononcée qu'au scrutin et à la majorité des deux tiers des votes.

Art. 38. Les procès-verbaux des séances sont transcrits dans un registre qui reste déposé à la bibliothèque.

CHAPITRE IV.

CONSEIL ET OFFICIERS DE LA SOCIÉTÉ.

SECTION I.

Conseil de la Société.

Art. 39. Le Conseil est composé des seize officiers de la Société, qui sont .

Le Président;
Le Vice-Président;
Le Secrétaire-Général;
Les cinq Députés;
Les Présidents des Comités pendant la durée de leurs fonctions;
Le Secrétaire-adjoint;
Le Bibliothécaire;
Le Trésorier;
Le Trésorier-adjoint.

Art. 40. Les membres du conseil, nommés par l'assemblée générale, sont renouvelés par tiers dans le premier trimestre de chaque année.

La première année sortent : Le Vice-Président, deux Députés et le Bibliothécaire;

La seconde année, le Secrétaire-Général, deux Députés et le Trésorier;

La troisième année, le Président, un Député, le Secrétaire-Adjoint et le Trésorier-Adjoint.

Art. 41. Le Conseil peut présenter à l'assemblée générale jusqu'à trois candidats pour chacune des places vacantes, sans préjudice de l'article 39.

ART. 42. Les fonctions des membres du Conseil durent trois ans : elles ne peuvent être cumulées.

ART. 43. Le Conseil est chargé du maintien des règlements, de l'administration de la Société et de l'exécution des décisions prises par l'assemblée générale.

Il fait les règlements de police intérieure.

ART. 44. Un droit de réception est fixé par le Conseil lorsqu'il le juge opportun.

ART. 45. Il s'assemble toutes les fois qu'il y a matière à délibérer; la réunion doit être de cinq membres au moins.

ART. 46. S'il le juge nécessaire, des membres de la Société, et même des étrangers, peuvent être appelés à ses réunions, mais seulement pour donner des renseignementss, et sans y avoir voix délibérative.

ART. 47. Il choisit dans son sein deux membres chargés des fonctions d'inspecteurs de la Société.

ART. 48. A la fin du mois de février, le Conseil raie du tableau les noms des démissionnaires.

ART. 49. Il nomme les commissions pour les concerts, et pour tous les objets qui ne rentrent pas dans les attributions spéciales de l'un des Comités.

ART. 50. Il nomme les députations : elles sont composées aux deux tiers de membres pris hors de son sein.

ART. 51. Il décide s'il y a lieu de soumettre à l'assemblée générale les propositions qui lui sont adressées.

Art. 52. Il adopte la demande faite par quinze membres résidants, de s'abonner à un journal, ou à tout autre ouvrage périodique, si le crédit alloué pour cet objet n'est point épuisé.

Art. 53. Les jugements des Comités tant sur les ouvrages envoyés au concours, que sur les pièces destinées à être lues à la séance publique, sont soumis à l'approbation du Conseil.

Il rompt les cachets des auteurs qui ont obtenu des prix ou des mentions honorables.

Art. 54. Si l'une des causes d'exclusion, prévues par l'article 2, devient applicable à l'un des membres de la Société, le Conseil raie celui-ci du tableau.

Art. 55. Dans le cas prévu par l'article 3, le Conseil fait un rapport à l'assemblée générale.

Les motifs de ce rapport sont communiqués, quinze jours avant l'assemblée générale, à la personne inculpée, qui peut se défendre par écrit.

Art. 56. La caisse de la Société est placée sous la surveillance immédiate du Conseil.

Il apure les comptes du Trésorier, et rédige le budget suivant les dispositions des articles 96 et 97.

Art. 57. Il ordonnance les paiements. Lorsqu'il s'agit d'une dépense imprévue excédant 100 frs, il est tenu d'en faire connaître les motifs à la prochaine assemblée générale.

Art. 58. Le Conseil, dans le premier trimestre de chaque année, et avant son renouvellement, présente à l'assemblée générale le tableau de sa gestion pendant l'année précédente.

SECTION II.

Règles communes à tous les officiers

ART. 59. Les officiers de la Société sont choisis parmi les membres résidants, en assemblée générale, au scrutin et à la majorité relative.

ART. 60. Les billets de convocation énoncent le jour et l'heure du ballottage, les noms des officiers sortants et les fonctions vacantes : le votant y inscrit les candidats de son choix.

ART. 61. Le tableau des membres de la Société est déposé sur le bureau, ainsi que la liste des candidats présentés par le Conseil conformément à l'art. 41.

ART. 62. Les officiers sortants sont immédiatement rééligibles.

ART. 63. Le ballotage et le dépouillement du scrutin se font suivant les règles prescrites aux art. 11, 12, 13 et 14.

ART. 64. Les préséances entre les officiers sont déterminées par l'ordre établi à l'art. 59. Elles sont réglées par l'âge pour les députés respectivement, et par l'ordre établi à l'art. 4 pour les Présidents des Comités.

ART. 65. En cas d'empêchement, l'officier convoqué est tenu de faire connaître ses motifs d'excuse.

L'officier absent est remplacé par son adjoint ou par celui qui le suit dans l'ordre des préséances.

ART. 66. Sont considérés comme démissionnaires ceux qui, pendant un semestre et sans motif fondé, ont négligé de remplir leurs fonctions.

Art. 67. Il est pourvu au remplacement des démissionnaires dans le plus bref délai, et pour le temps qui reste à courir de la durée de leurs fonctions.

SECTION III.

Règles particulières à chaque officier.

§ I. DU PRÉSIDENT.

Art. 68. Le Président ordonne les convocations qu'il croit nécessaires.

Il propose les questions à traiter dans chaque séance, les met en délibérations, et recueille les suffrages.

En cas de parité, il a voix prépondérante ;

Il a la police de l'assemblée ;

Il peut provoquer la censure et la prononce après avoir consulté l'assemblée ;

Il signe les diplômes, procès-verbaux, délibérations et autres actes de la Société ;

Il convoque les Comités qui négligent de se réunir.

Art. 69. Il peut accorder l'usage de la salle pour des concerts, des matinées musicales et des séances littéraires.

Art. 70. En l'absence du Président, le Vice-Président le remplace dans toutes ses attributions.

§ II. DU SECRÉTAIRE-GÉNÉRAL.

Art. 71 La correspondance de la Société appartient au Secrétaire-général. Il en rend compte au Conseil.

ART. 72. Il ouvre les lettres et paquets adressés à la Société, et transmet sans retard les pièces à ceux qu'elles concernent.

ART. 73. Il fait au nom de la Société toutes convocations, annonces, publications ;

Il rédige le rapport annuel des travaux des Comités et de la Société ;

Il contre-signe tous les actes.

ART. 74. Il transcrit dans des registres différents les procès-verbaux des assemblées générales et des séances du Conseil, dressés conformément à l'article 144.

Il tient, de plus, deux registres ; l'un pour l'indication de tous les objets qui parviennent à la Société, l'autre pour l'inscription des dépenses ordonnées par l'assemblée générale et par le Conseil.

ART. 75. Les registres, titres et papiers de la Société sont conservés au secrétariat, sauf l'exception faite par l'article 38.

ART. 76. Le Secrétaire-général fait dresser deux tableaux des membres de la Société ; l'un par ordre alphabétique, l'autre selon l'ordre de leur réception.

ART. 77. Il est secondé dans ses fonctions par le secrétaire-adjoint qui le remplace en cas d'absence.

§ III. DU BIBLIOTHÉCAIRE.

ART. 78. Le bibliothécaire est chargé du dépôt et de la conservation des livres, journaux, manuscrits, cartes, plans, médailles et autres objets de sciences et d'art, dont il tient le catalogue exact et constamment au courant.

Art. 79. Une copie de ce catalogue est déposée au salon de lecture.

Art. 80. Il surveille le service des journaux, et prend soin que les feuilles quotidiennes restent pendant huit jours au salon de lecture.

Art. 81. Nul objet de la bibliothèque ne peut être prêté pour plus d'un mois, ni à d'autres qu'aux membres résidants.

Art. 82. Le bibliothécaire veille à ce que la personne qui emprunte un objet de la bibliothèque en signe le reçu dans un registre à ce destiné, et remette l'objet emprunté à l'expiration du terme fixé par l'article précédent.

Il rappelle à l'emprunteur en retard la disposition de cet article.

Art. 83. Si l'emprunteur a détérioré ou perdu quelque objet, le bibliothécaire en donne avis au conseil.

Art. 84. Il indique au Conseil les améliorations ou les acquisitions à faire.

Art. 85. Il remet à son successeur l'inventaire exact de tous les objets appartenant à la bibliothèque, et s'en fait donner récépissé.

§ IV. DU TRÉSORIER.

Art. 86. Le Trésorier fait ou fait faire tous les actes propres à assurer les droits, les créances et les recettes de la Société.

Art. 87. Le 25 janvier de chaque année, il rappelle, aux membres résidants qui n'ont point acquitté leur cote, les dispositions de l'article 27.

Art. 88. Avant l'expiration du mois de février, il transmet au conseil les noms des membres résidants qui n'ont pas payé leur cote annuelle.

Art. 89. Il tient les registres nécessaires à la comptabilité et au moins, 1° un journal, 2° un grand livre, selon l'ordre du budget.

Art. 90. Il n'effectue aucun paiement que sur l'ordonnance du Conseil, signée par le Président et contre-signée par le Secrétaire.

Art. 91. Les paiements sont justifiés par la remise des mandats acquittés et des pièces à l'appui.

Art. 92. Il fait connaître l'état de la caisse chaque fois que le Conseil le demande.

Art. 93. Au mois de janvier de chaque année, il rend compte au Conseil de sa gestion pendant l'année précédente.

Art. 94. Il remet à son successeur, contre récépissé, tous les titres, registres, papiers, et l'argent dont il est dépositaire.

En cas d'absence ou de démission du Trésorier, et jusqu'à ce qu'il ait été pourvu à son remplacement, ses attributions appartiennent au Trésorier-adjoint.

§ V. DES INSPECTEURS.

Art. 95. Les Inspecteurs de la Société sont chargés des détails d'ordre et d'économie intérieure, et particulièrement :

1° De rendre compte au Conseil de l'état des bâtiments et du mobilier, ainsi que des réparations et des améliorations à faire ;

2° De surveiller les travaux dûment autorisés, et de les vérifier d'après les devis et marchés ;

3° De vérifier et de viser les états ou mémoires relatifs aux objets ci-dessus ;

4° De tenir au courant l'inventaire des objets mobiliers, autres que ceux qui sont confiés au bibliothécaire.

SECTION IV.

Comptabilité.

Art. 96. Dans la première huitaine de février, une commission de trois membres, nommée par le Conseil, vérifie les comptes du Trésorier et réunit les éléments du budget.

Art. 97. Sur le rapport de la commission ci-dessus désignée, le Conseil apure les comptes rendus et rédige le budget,

Les dépenses sont classées dans l'ordre suivant :

1° Rentes et contribtions;

2° Entretien, réparations, frais d'administration ;

3° Journaux ;

4° Prix des concours, récompenses, encouragements ;

5° Concerts, achats de musique ;

6° Remboursement d'actions ;

7° Augmentation de la bibliothèque et du mobilier;

8° Expositions publiques ;

9° Dépenses imprévues.

Art. 98. Après avoir été soumis pendant huit jours à l'examen des membres de la Société au salon de lecture, le budget, accompagné des observations faites pendant ce délai et des motifs à l'appui des allocations nouvelles ou majorées , est présenté, par le Conseil, à la sanction de l'assemblée générale dans la première quinzaine de mars.

Le compte apuré de l'année précédente, fait partie des pièces justificatives qui accompagnent le budget.

Art. 99. Le budget, sanctionné par l'assemblée générale, est transcrit dans les registres ; copie en est adressée au Trésorier.

CHAPITRE V. — DES COMITÉS

Art. 100. Chacun des Comités désignés à l'article 4, forme dans son sein, pour suivre ses travaux, un bureau composé de quatorze collaborateurs au moins et de vingt au plus, y compris un Président et un Secrétaire.

Art. 101. La formation du bureau a lieu, chaque année, dans le mois de janvier, au scrutin, et à la majorité relative. Les nominations sont transmises immédiatement au Secrétaire-général et annoncées à chacun des collaborateurs.

Art. 102. Le bureau de chaque Comité s'assemble, sur la convocation faite par le Secrétaire, de commun accord avec le Président.

Art. 103. Cinq collaborateurs, au moins, doivent y être présents pour délibérer :

Art. 104. En cas d'empêchements, ils doivent se conformer à l'art. 65.

Art. 105. Les ouvrages, mémoires, propositions, etc., adressés au Comité, sont renvoyés à une commission, qui en fait l'objet d'un rapport dans la plus prochaine séance.

ART. 106. Le rapport de la commission, l'avis du Comité, ainsi que les pièces qu'ils concernent, sont transmis au Secrétaire-Général.

ART. 107. Chaque Conmité a un registre particulier où sont transcrits, par le Secrétaire, les procès-verbeaux de ses séances, etc.

La liste des membres du Comité est insérée dans ce registre, de même que celle des membres du bureau.

ART. 108. Deux mois avant l'époque fixée pour la séance publique, chaque Comité adresse au Conseil une analyse raisonnée de ses travaux, ses jugements sur les pièces envoyées au concours et les questions et les prix à proposer à la séance publique.

ART. 109. Les Présidents et les Secrétaires qui ne se sont pas conformés à l'article précédent, cessent leurs fonctions et ne peuvent être réélus à la prochaine élection périodique des Comités.

ART. 110. Les quatre Comités réunis s'assemblent sur l'invitation du Conseil.

Ces réunions, qui doivent être de seize collaborateurs au moins, ont pour but principal de faire connaître les travaux de chacun des Comités.

CHAPITRE VI. — ACTES PUBLICS.

SECTION I.

Séance publique.

ART. 111. — La séance publique, dont le programme a été arrêté par le Conseil, est annoncée dans les journaux.

Art. 112. A cette séance les membres du Conseil sont placés selon l'ordre des préséances établi par les articles 39 et 64 ; les Secrétaires de chacun des Comités se rangent dans l'ordre établi à l'article 4.

Art. 113. Nul mémoire, rapport, discours, nulle pièce de vers ou observation quelconque ne peut faire l'objet d'une lecture publique sans l'approbation préalable du Conseil.

Art. 114. La séance publique est consacrée :

1° Au rapport du Secrétaire sur les travaux des Comités et sur ceux de la Société en général ;

2° Aux lectures et aux expériences autorisées par le Conseil ;

3° A la lecture ou à l'analyse des ouvrages couronnés, ou mentionnés honorablement ;

4° A la distribution des prix, des récompenses et des encouragements ;

5° A la publication des questions et des prix mis au concours ;

6° Au discours du Président.

Art. 115. Le procès-verbal de la séance, approuvé par le Conseil, est imprimé avec les pièces qui y ont été lues. Extrait de ce procès-verbal est, en ce qui les concerne, délivré aux auteurs qui ont obtenu des prix ou des mentions honorables.

La Société adresse un exemplaire du compte-rendu de la séance à chacun de ses membres et à chacune des Académies et des Sociétés avec lesquelles elle est en relation.

SECTION II.

Concours

ART. 116. Le programme des questions proposées indique les conditions du concours suivant les usages académiques. Il est inséré dans les journaux.

ART. 117. Les pièces parvenues après l'époque fixée par le programme, ne sont point admises à concourir.

ART. 118. La Société peut faire imprimer avec le procès-verbal de la séance publique, soit en entier, soit par extraits, les ouvrages couronnés ou mentionnés honorablement.

SECTION III.

Exposition publique des produits de l'industrie et des arts.

ART. 119. L'époque des expositions publiques fixée par le Conseil est annoncée dans les journaux, par un appel fait à l'industrie et aux arts.

ART. 120. Les objets envoyés à la Société sont inscrits dans un registre à ce destiné : il en est donné récépissé.

ART. 121. Un jury de douze membres, nommé par le Conseil, et dont les inspecteurs de la Société font partie de droit, prononce sur l'admission ou le rejet des objets envoyés.

ART. 122. Six membres au moins doivent être réunis pour délibérer : en cas de partage, l'opinion favorable à l'artiste prévaut.

ART. 123. Le jury peut appeler à ses réunions des personnes étrangères à la Société : elles n'y ont pas voix délibérative.

ART. 124. Il prend les mesures nécessaires pour placer convenablement les objets admis et en assurer la conservation.

Il en fait imprimer une notice descriptive et sommaire.

ART. 125. Après le terme fixé pour la durée de l'exposition, les objets qui en ont fait partie sont remit aux propriétaires, qui doivent en reproduire les récépissés.

ART. 126. Dans son rapport au Conseil, le jury propose des distinctions ou des récompenses pour les ouvrages ou les inventions qu'il en juge dignes.

SECTION IV.

Inscriptions honorables.

ART. 127. La Société consacre, dans la salle de ses séances publiques, des inscriptions à la mémoire des Liégeois qui ont rendu des services signalés aux lettres, aux sciences ou aux arts.

ART. 128. La proposition de l'inscription honorable est faite à la Société par le Conseil.

ART. 129. Les quatre Comités, assemblés conformément à l'article 110, sont chargés de faire un rapport et de donner leur avis sur les titres de celui à qui l'on propose de décerner l'honneur de l'inscription.

ART. 130. Ce rapport et la proposition du conseil restent déposés au salon de lecture pendant quinze jours avant l'assemblée générale.

ART. 131. Le billet de convocation énonce le jour et l'heure de la réunion, les nom, prénoms, titres et dernier domicile de celui que la proposition concerne.

ART. 132. Pour statuer, l'assemblée générale doit être composée de cinquante membres au moins; à l'ouverture de la séance, il est donné lecture de la proposition du Conseil, du rapport et de l'avis des quatre Comités.

ART. 133. L'inscription honorable ne peut être décernée qu'à la majorité des quatre cinquièmes des suffrages.

SECTION V.

Concerts.

ART. 134. Une commission de sept membres, pris dans le Comité de Littérature et des Beaux-Arts, est nommée chaque année, avant le quinze novembre, par le Conseil dont elle suit les instructions. Elle est chargée de tout ce qui a rapport aux concerts donnés par la Société.

ART. 135. Elle choisit dans son sein un Président et un Secrétaire.

ART. 136. Le Président et le Secrétaire de cette commisson peuvent assister aux séances du Conseil pour y présenter les observations ou les demandes qu'ils croient devoir lui soumettre.

ART. 137 La commission, avant l'expiration de ses fonctions, rend compte au Conseil de sa gestion et de l'emploi qu'elle a fait des fonds et des cartes d'amateur.

ART. 138. Elle propose, avant la fin du mois de janvier, la somme à allouer au budget pour les concerts.

Elle indique les améliorations qu'elle croit convenables.

Art. 139. Elle fait aussi au Conseil la proposition d'accorder des récompenses aux artistes et aux amateurs qui, par des morceaux de musique de leur composition, ou par leur talent d'exécution, ont contribué aux succès des concerts.

CHAPITRE VII. — DISPOSITIONS DIVERSES.

Art. 140. Les séances sont ouvertes par la lecture du procès-verbal de la séance précédente, et des disposition réglementaires relatives à l'objet de la réunion.

Art. 141. Hors les cas déterminés par le présent règlement, l'assemblée choisit son Président et son Secrétaire. En cas de partage, le Président a voix prépondérante.

Art. 142. Lorsqu'un bulletin, comprenant plusieurs objets, est nul par rapport à l'un d'eux, il ne l'est pas relativement aux autres.

Art. 143. Hors les cas prévus par le présent règlement, les décisions sont prises à la majorité absolue des suffrages.

Art. 144. Le procès-verbal de chaque séance est dressé par le Secrétaire de l'assemblée; il est daté et fait mention des membres présents, de l'objet de la réunion et des délibérations prises.

Après avoir été adopté dans la séance suivante, il est transcrit dans les registres et signé par le Président et le Secrétaire.

Art. 145. Nul mémoire, notice, ouvrage ou

pièce quelconque ne peut être rendu public au nom de la Société, sans l'autorisation préalable du Conseil.

Art. 146. La Société peut faire imprimer, soit en entier, soit par extraits, toutes les pièces qui lui sont adressées.

Art. 147. Si l'expérience fait reconnaître la nécessité d'introduire des changements au présent règlement, la proposition en sera faite conformément à l'article 30.

Cette proposition, discutée dans une réunion des quatre comités, et ensuite en séance du Conseil, est affichée au salon de lecture pendant quinze jours : elle est insérée dans les billets de convocation distribués huit jours avant l'assemblée générale, qui doit en décider.

Le présent règlement, après révision des dispositions organiques des 22 décembre 1811 et 21 avril 1822, a été adopté par la Société, réunie en assemblée générale, à Liége, le 26 février 1853.

Le Secrétaire,	Le Président,
U. Capitaine.	H. De Wandre.

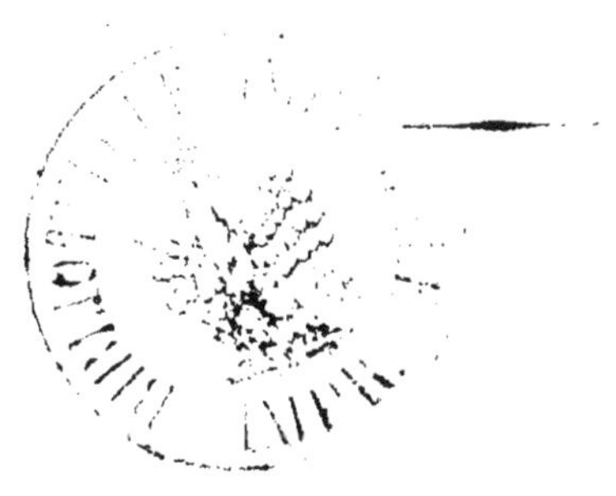

www.ingramcontent.com/pod-product-compliance
Ingram Content Group UK Ltd.
Pitfield, Milton Keynes, MK11 3LW, UK
UKHW021310190726
13839UKWH00007B/568

9 782329 447667